W0196902

Der französische Publizist Gérard de Cortanze ist seit Jahren mit Paul Auster befreundet und unter anderem als Übersetzer, Romancier, Lektor, Kritiker und Rundfunkredakteur tätig.

Ausführliche Informationen zu Leben und Werk von Paul Auster finden sich im Anhang dieses Buches.

Paul Auster / Gérard de Cortanze

Die Einsamkeit des Labyrinths

Betrachtungen und Gespräche

Deutsch von
Monika Cagliesi-Zenkteler

Rowohlt Taschenbuch Verlag

Deutsche Erstausgabe
Veröffentlicht im Rowohlt Taschenbuch Verlag GmbH,
Reinbek, November 1999
Copyright © 1999 by Rowohlt Taschenbuch Verlag GmbH,
Reinbek bei Hamburg
«La Solitude du labyrinthe» Copyright © 1997 by Actes Sud, Paris
Alle deutschen Rechte vorbehalten
Umschlaggestaltung: C. Günther/W. Hellmann
Foto: Isolde Ohlbaum
Satz Caslon 540 PostScript (PageOne)
Gesamtherstellung Clausen & Bosse, Leck
Printed in Germany
ISBN 3 499 22309 0

Vom Parc Montsouris
zum Park Slope

«Am Samstag, den 21. Oktober paßt es mir gut. Nach dem Interview könnten wir uns vielleicht zusammen einige Fotos anschauen, um zu sehen, welche zu gebrauchen wären ...»

It rains
The elms curve into clouds of twigs.
The lawns are empty.

CHARLES REZNIKOFF

Der erste Kontakt mit einem Werk – oder seinem Autor – birgt dieses kaum wahrnehmbare gewisse Etwas, das oftmals die Beziehung bestimmt, die man anschließend beim Lesen und Wiederentdecken zu beiden aufbaut. Unter welchen Umständen habe ich Paul Auster entdeckt? Was war so Besonderes an jener Welt, daß sie meine Aufmerksamkeit dauerhaft fesseln konnte, mich behaupten ließ, ich sei zweifelsohne der erste Leser des Buches, das ich da gerade entdeckte, und daß ich keine Ruhe finden würde, bevor ich es ausgelesen hätte, denn es zog mich in seinen Bann und gebot mir, bis zum Ende weiterzulesen? Begegnungen verschiedenster Art markieren meinen «literarischen» Werdegang, und so manche davon kommt mir, wie man zu sagen pflegt, wieder «in den Sinn». Auch wenn sie die Auflösung des Rätsels – denn es handelt sich durchaus um eines – hinauszuzögern, so werden sie mir helfen, noch genauer den Weg nachzuzeichnen, der mich bis zum Autor der *Erfindung der Einsamkeit* geführt hat ...

Zu meiner ersten «Begegnung» mit Allen Ginsberg etwa, dem Sänger der *beat generation*, kam es erst spät und auf Umwegen. Durch die Papiertiger der Bibliothek und deren enzyklopädische Erinnerungen eingeleitet, fand sie zunächst im langen Prosagedicht statt, das Roque Dalton – der ermordete san-salvadorianische Dichter – inmitten theoretischer Diskussionen und randvoller Biergläser in der Prager

Taverne *U Fleku* an einem Herbstabend des Jahres 1966 verfaßt hatte:

> *In einer Nacht in Prag*
> *hat der Dichter Ginsberg mit vierzehn Jungen geschlafen*
> *dieser Typ ist kein Homo*
> *er ist ein Säbelschlucker*
> *doch mir gefiel seine Sammlung* Howl.

Eine «Begegnung», die durch ihren überholten Tatsachencharakter recht gut beschreibt, was in meinen Augen Allen Ginsbergs Dichtung wohl war: die fragmentarische Konstruktion der Reise und der Diskussion, eine Verteidigung und eine Veranschaulichung des durch individuelle und kollektive Geschichte genährten Schreibens.

Juan José Saer traf ich zum ersten Mal im Jahre 1974 bei einer Dichterlesung in der Buchhandlung *Shakespeare and Company*, noch ganz unter dem Eindruck der Schatten von James Joyce und Sylvia Beach ... Er schenkte mir ein Exemplar von *El Limonero real* und sagte: «Ich schreibe nicht, um meine argentinische Herkunft zur Schau zu stellen.» Wir wußten nur sehr wenig über diesen «bewohnten» Argentinier. Er war sechs Jahre zuvor nach Frankreich gekommen und hatte entschieden, sich hier niederzulassen. *El Limonero real* war sein siebentes Buch. Der Funke sprang sofort über, und neben Cesar Vallejo, Alfredo Bryce Echenique und Eduardo Mendoza war Juan José Saer einer der ersten vier Autoren, die ich in der Reihe «Barroco» bei Flammarion herausbrachte. Dieser Argentinier, Anhänger einer «Literatur ohne Eigenschaften» nach Musil, hat – das habe ich erst später begriffen – eine Erzählweise ohne erworbene Sicherheit, ohne Zwang, und die sich nicht festlegen läßt, eine Erzählweise, die auch ... Paul Auster anwendet. Ist es etwa nur ein Katzensprung von der Buchhandlung am berühmten

Seineufer zum Park Slope? Paul Auster, das ist *Jakob der Fatalist* gegen Zola: ein Schriftsteller der Unerfahrenheit und nicht des Wissens, der die Literatur zu einer Art Beziehung von Mensch zur Welt werden läßt.

Das gilt nicht für Alvaro Mutis, *el Gaviero*, den ich zweimal, im Abstand von zehn Jahren, traf… Im Jahre 1978, nach Franco, wurden in Spanien viele politische Bücher und eine große Zahl an Übersetzungen veröffentlicht, die die Zensur bis dahin an der Grenze gestoppt hatte. Wie groß war meine Überraschung, als ich irgendwo auf den Regalen einer winzigen Buchhandlung in Málaga auf ein kleines Buch mit dem sonderbaren Titel *La Mansión de Araucaíma* (*Das Haus in Araucaíma*) stieß. Ich verschlang es auf der Plaza de la Merced, nur wenige Schritte von Pablo Picassos Geburtshaus entfernt. Nach meiner Rückkehr bekam ich von den französischen Verlegern, denen ich das Buch vorschlug, höfliche Absagen. Niemand hatte zuvor von diesem fünfzigjährigen Kolumbianer gehört, der bis dahin nur Gedichte veröffentlicht hatte. Sie waren unter dem Titel *Obras completas de Maqroll el Gaviero* zusammengefaßt, der ihm daraufhin den Beinamen el Gaviero einbrachte. Das nächste Mal traf ich in Paris auf Alvaro Mutis, als Sylvie Messinger – wir arbeiteten damals beide im gleichen Verlagshaus – das französische Publikum *Der Schnee des Admirals* entdecken ließ. Als großer Proust-Leser, von den Mechanismen der Erinnerung fasziniert, vertraute er mir an, er interessiere sich mehr für die Reise der Karawane als für die Kamele und ihre Treiber. Worauf Paul Auster später antworten sollte: «Ja, ich stimme dem zu. Es ist sehr treffend. Es zählt nicht so sehr das fertige Buch wie die Reise beim Schreiben.»

Die Entdeckung Amerikas bei Roque Dalton, der Ginsberg zitierte (Begegnung von Buch zu Buch); Entdeckung einer Austerschen Welt ohne erworbene Sicherheit bei Juan José Saer (Begegnung von Situation zu Situation); Entdekkung des Schreibens und seiner Entwicklung in einem vorgedachten Dialog Auster–Mutis (Begegnung von Interview zu Interview), meine «trügerische» Zusammenkunft mit Jorge Luis Borges – vielfältig, auf verschiedene Zeitpunkte verteilt, tänzelnd, arbeitsam – könnten als vierzehntes Kapitel ins *Rote Notizbuch* aufgenommen werden ...

Von Jorge Luis Borges habe ich mehrere vereinzelte Texte und drei Bücher übersetzt. Das erste, *Rosa y azul*, sah man von der Rose des Paracelsus und dem Tiger Kiplings durchwoben. Das zweite, *Quatre manifestes ultraïstes*, tauchte uns in das Madrid der Avantgarde um Ramón Gómez de la Serna. Das dritte schließlich ist ohne Zweifel das prägnanteste der drei. Dieses Buch ist ein Buch, das es eigentlich nicht gibt: Es heißt *Shakespeares Gedächtnis* (nach einer von Borges' Novellen, die er im März 1980 geschrieben hatte). Dennoch ist es sehr wohl wirklich. Es umfaßt einhundertzehn Seiten, hat einen Verlag (Flammarion), eine ISBN-Nummer und ein Druckdatum (23. Februar 1981) ... Der Verleger, dem Gallimard keine Druckgenehmigung für diese einundzwanzig noch unveröffentlichten Texte erteilen konnte, mußte von einer Veröffentlichung absehen. Die Auflage wurde eingestampft; man hat ein einziges Exemplar aufbewahrt! Ein auf Sand geschriebenes Buch, ein echtes Buch als Beweis für seine Nichtexistenz! Es tut mir nur leid, daß ich es Jorge Luis Borges vor seinem Tod nicht mehr geben konnte. Er, der die Inquisition zum schriftstellerischen System erhoben hatte, der – wie vor ihm Coleridge – gewußt hatte, daß sein Schicksal ein literarisches und nicht politisches sein würde, findet sich mit einem Buch wieder, das es gar nicht gibt, das er nicht wirklich geschrieben hat. Im Mai 1986, als er das Vorwort zum ersten Band seiner französischen Werkausgabe schrieb, lieferte er unbewußt den Schlüssel zum Rätsel: «Die Veröffentlichung ist nicht das wichtigste im Leben eines Schriftstellers.» Paul Auster, der auch ein «auf Sand

geschriebenes» Buch veröffentlicht hat, einen Kriminalroman, den er unter einem Pseudonym verfaßte und der
lange Zeit aus seiner Bibliographie getilgt war, schildert in
unserem Gespräch seine Version der Tatsachen: «Meinen
Namen auf einem Buchdeckel zu sehen wirkt wie ein rein
äußerlicher Teil von mir. Die Dinge um mich herum sind
wirklich, aber das berührt mich überhaupt nicht ...»

Kommen wir nun zum Kern, zu diesem Zusammentreffen
der Umstände, der «Zufälligkeiten», wie Paul Auster sagen
würde, das zu unserer Begegnung führte. Vor einigen Jahren
verspürte ich den Drang nach mehr Platz und machte mich
auf die Suche nach einer Wohnung. Der monatelangen, er-
folglosen Suche müde, beschloß ich ganz einfach, mich auf
die andere Seite der Straße zu begeben und – etwas, was ich
hätte als erstes tun sollen – beim Concierge des großbürger-
lichen Wohnhauses gegenüber zu klingeln. «Ich habe etwas
für Sie», versicherte er mir mit starkem portugiesischem Ak-
zent, «im vierten Stock, ein Diplomat, glaube ich, ein Mexi-
kaner oder Argentinier ... der nach Hause zurückgeht ... del
Pueso, del Piso ...» – «Fernando del Paso?» fragte ich fast
provokativ ... «Ja, genau! Del Paso!» antwortete mir der
Concierge verblüfft. «Kennen Sie ihn?»

In den sechs Jahren, die er in Paris lebte, hatte Fernando
mich mehrere Male zu sich eingeladen. Ich hatte seinen char-
manten Bitten nie folgen können! Unsere Wege kreuzten
sich häufig bei Lesungen, Symposien, Diskussionen oder auf
Cocktailempfängen. Ich hatte ihn immer in seinem Büro auf-
gesucht und konnte nicht ahnen, daß er seit so langer Zeit
mein «Nachbar von Gegenüber» war! Als ich, mit der Tele-
fonnummer ausgestattet, die mir der Concierge eifrigst gegeben hatte, wieder in meiner Wohnung angekommen war,
rief ich ihn an. «Fernando?» – «Ja ...» «Hier ist Gérard, wie
geht es dir, usw.» Zehn Minuten später saß ich gemütlich bei
dem Autor von *Palinuro de Mexico* und trank einen Kaffee, den

11

seine Frau Socorro zubereitet hatte. Sie verfügte über ein unbeschreibliches kulinarisches Talent, das sie von ihrer Mutter, Doña Guadalupe Castillo Meré de Quijano, geerbt hatte, die wiederum Enkelin französischer Großeltern war. Wir plauderten, versuchten, die verlorene Zeit nachzuholen und lachten dabei über die sonderbaren Zufälle des Lebens. Er mußte in weniger als einer Woche nach Mexiko, nach Guadalajara, abreisen, wo er gerade zum Leiter einer sehr bedeutenden Bibliothek berufen worden war ...

Wir unterhielten uns über den Charme dieses vierzehnten Pariser Arrondissements, das seinen ursprünglichen Charakter bewahrt hatte und das in vielerlei Hinsicht einem Dorf ähnelte; über die Kunsthandwerker, die noch dort arbeiteten, seine Einwohner, von denen einige schon sehr alt waren, über den Parc Montsouris und den künstlichen See, der ihn schmückte. Dieser See hatte am Tage, da er von Napoleon III. eingeweiht werden sollte, urplötzlich leergestanden – der Unternehmer, der ihn angelegt hatte, brachte sich noch an Ort und Stelle vor Verzweiflung um. Irgendwann stand Fernando auf und ging zu dem breiten Fenster, durch das das Licht dieses klaren Frühlingsnachmittages in sein Wohnzimmer strömte: «Seit mehreren Jahren, die wir nun hier wohnen, beobachten meine Frau, meine Kinder und ich einen Mann, der bis spät in der Nacht auf seiner Schreibmaschine tippt ... und das sehr oft ... Er muß Schriftsteller sein, ich schwöre es! Es ist für uns zu einem Spiel geworden. Wir versuchen, ihm auf die Spur zu kommen, beim Metzger, beim Bäcker, im Park, in der Reinigung. Wir kehren immer unverrichteter Dinge zurück. Wir werden nach Mexiko zurückfahren, ohne unserem Mann begegnet zu sein.» Und Socorro pflichtete ihm enttäuscht bei: «Das wäre Stoff für ein Buch ...» Dann zeigte Fernando mir das Fenster des «Schriftstellers»: Erster Stock, gräuliche Gardinen, weiße, halbgeschlossene Fensterläden. «Da, genau über der schwarzen Eingangstür, Nummer 1920 ...» Es war mein eigenes Fenster! Fernando und Socorro hatten endlich ihren Schriftsteller gefunden, ihre Beschattung hatte sich gelohnt. Da ihre Wohnung mir nicht zusagte, war ich gezwungen, meine Suche fortzusetzen. «Mach dir keine Sorgen, du wirst schon etwas hier in der Nähe finden. Ich bin mir sicher ... Ich fühle es ... Igend etwas sagt mir, daß...»

Fernando zog eine Woche später aus und nahm in schweren rot-schwarzen LKWs seine ganze Pariser Nostalgie mit. Es wurde gerade hell. Ich war zu traurig, um hinunterzugehen und ihn und seine Frau zum letzten Mal zu sehen; ich blieb hinter meinen gräulichen Gardinen und den halbgeschlossenen Fensterläden. Er hatte bei dem Hausmeister aus Lissabon ein schönes Zeichen der Freundschaft hinterlegt: einen warmherzigen Brief und eine Flasche Château-Rabaud-Promis, einen besonders edlen Sauterne. Am nächsten Tag weckte eine Anzeige im Immobilienteil des *Figaro* meine Aufmerksamkeit. Es wurde eine Wohnung angeboten, nur einige Straßen von meiner derzeitigen entfernt. Die Besichtigung fand sofort statt, und es war Liebe auf den ersten Blick. Am Tag, als der Mietvertrag unterschrieben wurde, schenkte die Vermieterin mir ein Buch, das ihr besonders gut gefallen, das sie glücklich gemacht hätte. Ich sollte es unbedingt lesen. Ich sei doch Schriftsteller, oder? Also könnte es mich doch nur überwältigen. Und dann sei meine Freundin auch noch Amerikanerin! Herausgegeben war es in Los Angeles im Jahre 1985 bei Sun & Moon, trug den Titel *City of Glass* und war von einem gewissen Paul Auster geschrieben, dessen Name die Runde machte und dessen Erfolg wuchs ... Ich hatte bis dahin noch nichts von diesem Autor «gelesen», sein Name «sagte» mir jedoch irgend etwas. Wohl vom Hörensagen ... Nein, es war vielmehr ein visueller Eindruck, ein Bild. Wo? Wie? Zurück in meiner Wohnung – der mit dem spät in der Nacht erleuchteten Fenster, das Fernando del Paso so beschäftigt hatte –, öffnete ich die Kartons mit den Bücherstapeln, die für den Umzug bereitstanden. Ich mußte es wissen! Während meine Lebensgefährtin Seite um Seite jene *Stadt aus Glas* verschlang und – schon ganz vertieft in Quinns Ortswechsel, der sich aufgemacht hatte, Stillmans Streifzüge zu erforschen – mir versicherte, daß unsere Vermieterin ganz recht habe, fand ich schließlich, was ich suchte: Ich fand das Buch und den Titel wieder: *Espaces blancs* von Paul Auster, aus dem Amerikanischen von Françoise de Laroque und veröffentlicht 1985 bei Unes. Ich berührte den Buchdeckel und das Papier, las immer wieder den Copyright-Vermerk und den Originaltitel, *White Spaces*, Station Hill, 1980. Wie die Figuren in François Truffauts Film *Fahrenheit 451*, die das Buch wiederentdecken und jede Seite, jede kleinste Notiz darin lesen. Ja, das gibt es durchaus. Ja, man muß alles lesen. «Imprimerie Le temps qu'il fait. Cognac.» Jetzt kam alles wieder. Mein Erinnerungsvermögen hatte mich nicht gänzlich im Stich gelassen. Alles kam wieder. Die Seiten über den Tod Sir Walter Raleighs, an den Voltaire im *Candide* erinnert, daß er sich dem Land, das «Eldorado» genannt wird, näherte. La «Lumière du Nord», eine poetische Abhandlung, dem Werk des Malers Jean Paul Riopelle gewidmet: «Espaces» also, und diese mit grüner Tinte unterstrichene Passage, die ich hier zitiere: «Das Einfachste ausdrücken. Niemals das, was vor mir liegt, überschreiten. Mit dieser Szene beginnen, zum Beispiel. Oder aber notieren, was ganz naheliegt. Als könnte ich in der eingeschränkten Welt, die ich vor Augen habe, ein Bild des mir übergeordneten Lebens entdecken. Als wollte ich mich davon überzeugen, daß jede Sache in meinem Leben sich in die Gesamtheit der Dinge fügt, und mich somit wiederum in die weite Welt einbindet, eine Welt ohne Grenzen, die sich im Geiste erhebt, ebenso bedrohlich und unerforschlich wie das Verlangen selbst.»

Die Wege, die zu einem Autor führen, sind leicht zu be-
schreiten, fast zu leicht, sie sind immer zugänglich, niemals
verperrt oder völlig verborgen ... In dem Sommer, der auf
meine Wiederentdeckung von Paul Auster folgte, reisten
wir durch die Toskana. P. las Auster in Siena und in Florenz,
in Montepulciano, in Montefolonico ... Ich wählte einige
Wochen später die Schweiz, das Wallis. Nur wenige Kilometer von den Bergen entfernt, in denen Rilke seine *Sonette an
Orpheus* geschrieben hat, und dem kleinen Château de Mu-
zot, wo er sich laut Überlieferung an den Stacheln der Rosen, die er im Garten schnitt, die Hand verletzt haben soll;
ganz nah bei der Kirche von Rarogne schließlich, zu deren
Füßen er seinem Wunsch gemäß am 2. Januar 1927 beerdigt
wurde. Zwischen fernen eingeschneiten Berggipfeln und
der fiebrigen Erwartung der Murmeltiere und Steinböcke;
auf Wanderungen über sonnenbeschienene Halden und ver-
eiste Hänge, die in ihren steinernen Gletscherbetten auf
den Winter warteten, versank ich in Paul Austers Werk: *Im
Land der letzten Dinge*, über das bereits das Motto der *Erfindung der Einsamkeit* schwebt, was wiederum Heraklits Werk
entlehnt ist: «Wenn du die Wahrheit suchst, sei offen für das
Unerwartete, denn es ist schwer zu finden und verwirrend,
wenn du es findest.»

Bei dieser «Begegnung» entdeckte ich Unterschiede und
Ähnlichkeiten. Zu den Ähnlichkeiten: Auster hatte ebenfalls übersetzt und sich am Essay versucht; er hatte Prosa
verfaßt und sich in Frankreich in literarischen Kreisen bewegt, die mir nicht fremd waren; er hatte über Schriftsteller
geschrieben, die mich tief geprägt hatten – Kafka und Wolf-
son, Hugo Ball und Georges Perec, Apollinaire und Jabès.
Er hatte eine amerikanische Version von *Pour un tombeau
d'Anatole* nachgedichtet, einem Text, den ich mit der
Gruppe «Signes» von Gilbert Bourson in den siebziger Jahren für das Theater adaptiert hatte. Er hatte seinen Vater,

der ihm ein kleines Erbe hinterließ, immer wieder verloren und wiedergefunden. Eine schmerzliche Erfahrung, die auch ich gemacht habe, mit dem Gefühl, meinen Vater zu spät entdeckt zu haben; und ebenfalls ein väterliches Erbe, das mich nach seinem Tod buchstäblich «gerettet» hat, in einer Phase, da ich ganze Kartons voller Bücher zu Ramschverkäufern brachte, was mir etwas Geld bescherte. Schließlich auch ein Kind aus einer geschiedenen Ehe, und der Schmerz, es nur ab und zu, wie fortgerissen, zu sehen:

«To find only
absence –
in presence
of little clothes
[…]

*

no – I will not
give up
nothingness

father – I
feel nothingness
invade me* »

Und so viele Dinge mehr, persönlicher Natur oder auch nicht, wirkliche oder nicht, solche, die falscher Wirklichkeit entsprangen oder aber wahrer Fiktion. Mißverständnisse und falsche Fährten, die bewirken, daß man sich einem Werk nahe fühlt: dem, was es aussagt, dem, was es einen

---

* Die Abschlußverse von *Pour un tombeau d'Anatole*, die in der englischen Fassung von «Die Erfindung der Einsamkeit» zitiert sind.

schreiben – oder eben nicht schreiben – läßt, dem, was es an Enttäuschungen und Hoffnungen aufkommen läßt. Der Wunsch nach Ähnlichkeiten – die Entfernung zwischen der Place Denfert-Rochereau und dem Parc Montsouris (1091 Meter) entspricht bis auf den Meter genau der Länge der Brooklyn Bridge ... –, das Bedürfnis, das *carne y huesos* der Literatur noch näher kennenzulernen, der Wunsch nach wirklichem Austausch, die Sehnsucht nach der Zeit großer literarischer Aktivitäten, fruchtbarem Erkennen, nach Wahl-verwandtschaften ... An dem Tag, an dem Paul Auster meine Fragen beantwortete, spürte ich, daß es ohne Maske und Selbstgefälligkeit, ohne Affektiertheit geschah; daß diese «Gespräche» das Ziel hatten, die gestellten Fragen möglichst genau und ohne Ausflüchte zu beantworten. Um diese Reinheit und die Erinnerung geht es hier. Die vorlie-genden Seiten bezeugen, jenseits des Weges, der vom Parc Montsouris zu den viktorianischen Vierteln des Park Slope führt, eine Begegnung und fördern den großen Facetten-reichtum eines Schriftstellers zutage, der heute «allgemein anerkannt» wird, wie sein französischer Herausgeber zu Recht behauptet.

Im Zusammenhang mit dieser Einleitung, zu Beginn die-ser Unterhaltung kommen mir zwei Zitate in den Sinn, die ich hier unkommentiert anführe. Das erste stammt von Dante: «Und von dort brachen wir auf, nach den Sternen zu sehen.» Das zweite von Paul Auster: «Niemand will Teil einer Fiktion sein, schon gar nicht, wenn diese Fiktion wirk-lich ist.»

Während ich die Fahnen von *Paul Austers New York* kor-rigierte, ließ mich eine sonderbare Tatsache, die nur von In-teresse ist, weil sie unseren Autor betrifft, einige Stunden lang an meinem Verstand zweifeln. Sofort ließ ich von mei-ner mühsamen Korrekturarbeit ab und las in *Von der Hand in den Mund*. Paul hatte mir bei unserem letzten Treffen in

Brooklyn von diesem Essay erzählt. Ich wußte, daß das Buch inzwischen fertig war, und als ich es auf meinem Tisch liegen sah, konnte ich es einfach nicht erwarten, mich in die Seiten zu vertiefen, auf denen Paul versuchte, sein schlechtes, rätselhaftes und widersprüchliches Verhältnis zu Geld zu erklären. Nach etwa zwei Dritteln, in der Passage, in der er von seinem Frankreichaufenthalt zwischen 1971 und 1974 berichtet, ebenso wie von den «unzähligen Jobs», die er annimmt, um zu überleben, ruft er sich eine Begebenheit in Erinnerung, die für den gemeinen Leser nicht mehr und nicht weniger Bedeutung hat als die vorangehende oder die nachfolgende ...

Ein gewisser Herr X, Produzent von Beruf, bittet Paul Auster, eine gut lesbare englische Fassung eines ziemlich schlechten Stückes anzufertigen, das eine gewisse Frau X, Mexikanerin und Ehefrau von Herrn X, verfaßt hat, so daß es im Londoner Round House Theatre aufgeführt werden könne ... Thema des Stückes sei Quetzalcoatl, die mythische gefiederte Schlange ... Paul Auster stimmt zu. Er wird für seine Arbeit bezahlt. Das Stück wird mit gewissem Erfolg aufgeführt. Die Geschichte könnte hier enden.

Zur gleichen Zeit war Alejandro Jodorowsky mir zu einem wirklich nahen Freund geworden. Er hatte mir einige Jahre zuvor eines dieser kleinen blauen Telegramme geschickt, die es heute nicht mehr gibt, mit der Anfrage, ob ich mit ihm an Kinoprojekten zusammenarbeiten wollte. Er kannte meine Geldsorgen und traf sich eines Tages mit mir im Café *Le Rostand* in der Rue Médicis, direkt gegenüber von den Jardins du Luxembourg, einige Schritte von dem berühmten Brunnen entfernt. Er hatte mir einen Vorschlag zu machen: Ein befreundeter Produzent habe eine Frau, die sich einbildete, Theaterstücke schreiben zu können. Eine englische Übersetzung sei gerade in Arbeit, die er mir überdies zur Verfügung stellen könne, und, da ein Großteil gereimt und in spanischer Sprache geschrieben sei, wollte er, daß ich eine französische Fassung anfertigte. Ich hätte jede Freiheit, ein hinkendes Stück umzuarbeiten, doch zugleich sehr wenig Zeit. Die Produktion liefe, das Stück würde auf jeden Fall in London gespielt, und man fasse ins Auge, es sogar in Paris aufzuführen. Das Stück hatte als Motiv Quetzalcoatl, die mythische gefiederte Schlange, und Autorin war eine Mexikanerin, deren Mann kein anderer war als Herr X ...

Paul Auster erzählt, er habe die Erfahrung weitergeführt und Frau X. nach Cuernavaca begleitet, um ihr zu helfen, das Stück in eine Prosaerzählung umzuschreiben ... Vergeblich: «Man kann niemandem helfen, der keine Lust hat, ein Buch zu schreiben.» Der weitere Verlauf ist interessant ... Herr X. und Paul Auster regelten das Finanzielle während einer Spazierfahrt durch Paris, auf dem Rücksitz eines «fahlroten Jaguars mit Ledersitzen». Ich bin damals in keinen Jaguar gestiegen, doch die Beschreibung des Autos trifft genau auf das Auto zu, aus dem ich eben diesen Herrn X., halb Verschwörer, halb Gangster, aussteigen sah, als er mir im Gegenzug für meine Übersetzung einen Umschlag mit achttausend Francs in kleinen Scheinen aushändigte, was damals ein Vermögen für mich war; er versäumte auch nicht, mich aufzufordern, vor seinen Augen nachzuzählen, denn schließlich erhielten korrekte Abrechnungen die Freundschaft ...

Als ich Paul am Telefon von diesem seltsamen Zufall erzählte, dieser sonderbaren Begegnung dreiundzwanzig Jahre zuvor, nur anhand einer Übersetzung, führte er das Spiel weiter, um die Kette nicht abreißen zu lassen: «Du wirst mir nicht glauben, aber wie du weißt, bin ich zu den Festspielen nach Venedig gefahren, wo ich in der Jury saß. Ich war auf meinem Zimmer, als plötzlich das Telefon klingelt. Eine Frauenstimme am anderen Ende fragt mich, ob ich derselbe Auster sei, der vor langer Zeit ein Theaterstück übersetzt habe, das sie geschrieben hätte und das von Quetzalcoatl handelte. Herr X. hatte mich wiedergefunden.»

All das entspringt nur einer Anekdote, einer, die die Goncourts als «geschichtliche Groschenware» einordnen würden. So eine Anekdote klingt jedoch auf ganz besondere Weise nach und beweist wieder einmal, daß die Zeit Geheimnisse zutage fördert. Zuweilen mehr verschleiert denn aufklärt und Dingen einen Sinn gibt, die vielleicht gar keinen haben sollten.

Die Einsamkeit
des Labyrinths

« Im Jahre 1994 habe ich ein altes Heft aus meiner Studienzeit wiedergefunden. Ich machte mir darin Notizen, hielt Gedanken fest. Ein Eintrag hat mich besonders aufgewühlt: ‹Die Welt ist in meinem Kopf. Mein Körper ist in der Welt.› Ich war neunzehn Jahre alt und das ist auch heute noch meine Philosophie. Meine Bücher sind nichts anderes als die Weiterentwicklung dieser Feststellung.»

Das Schreiben kann gar nichts heilen.
PAUL AUSTER

Es waren einmal Märchen

In ihrem Vorwort zu Grimms *Märchen* schreibt Marthe Robert, daß die beiden Brüder glaubten, Märchen durch die Mythen erklären zu können, von denen sie sich ableiteten. Dann wäre die Sache klar und könnte zu einer einzigen Theorie zusammengefaßt werden. Märchen und Mythen seien die Darstellung des großen kosmischen oder meteorologischen Schauspiels, das der Mensch nicht müde werde, seit seiner Schöpfung zu erdichten. Diese Theorie sei nunmehr nur noch von historischem Wert, aber sie habe, so fährt Marthe Robert fort, zumindest das Verdienst gehabt, schon in der ersten Hälfte des 19. Jahrhunderts zutage zu fördern, daß das Märchen die menschliche Erfahrung verschleiere und entschleiere, die hier einem Suchen gleichgestellt werde, einer Sammlung von Initiationsriten, Prüfungen, die unüberwindbar scheinen. Der Mensch müsse, um in seinem Leben zu bestehen, ja um überhaupt leben zu können, gefährliche Prüfungen bestehen, deren Archetypus der tiefe Wald bleibe.

Sicherlich könnte man Paul Austers Werk nach dem Raster eines Märchens lesen. Nehmen wir einige Beispiele … Nashe und Pozzi, die in *Die Musik des Zufalls* gezwungen sind, eine Mauer zu bauen, die sie, wenn sie fertig ist, sowohl von ihren Schulden befreien soll als auch von der Gegenwart von Flower und Stone, zwei exzentrischen Menschenfressern, die in ihrem Schloß in Ockham eingeschlossen sind. Oder Anna Blume, die sich auf der Suche nach ihrem Bruder, William Blume, in dieses «Land der letzten Dinge» aufmacht, das von den «Materialjägern», den «Müllsammlern», den «Springern» und anderen «Auferstehungsagenten» heimgesucht wird, allesamt Zerstörer, gegen die sie kämpfen muß. Und die Initiationsreise von Marco Stanley Fogg in *Mond über Manhattan*, eine Art von *scenic rail-*

way der Identität, wo der Vater die Rolle einer verborgenen Vergangenheit verkörpert, die es zu entdecken gilt; eine Suche in der Genealogie allein dafür, um die Gegenwart heiterer zu leben. Austers märchenhafte Erzählung richtet sich an jeden von uns, an den menschlichen Teil ins uns, an die strahlende Seite, die jeder in sich trägt.

Wenn die lange Isolierung an einem feindseligen Ort eine der schwersten Prüfungen des Märchens ist, wenn darin der Existenzgrund, ja der Lehrstoff selbst besteht, so hat der Aufenthalt von Fogg im Central Park Vorbildcharakter: «Während die Straße mich zwang, mich mit den Augen der anderen zu sehen, gab der Park mir Gelegenheit, in meine Innenwelt zurückzukehren, mich ganz an das zu halten, was sich in meinem Innern abspielte.» Der Park, diese Vorstellung von einem Wald, mitten im Zentrum von Manhattan, ein Naturrefugium und Ort aller Gefahren (etwa die Passage, in der Fogg in Sheep Meadow verfolgt wird), ermöglicht, aus einem Zustand auszutreten, um sich in einen neuen zu begeben. Die Liste der Zeichen, Elemente, Indizien, die gestatten, zahlreiche Verbindungen zwischen dem Märchen und dem Roman, so wie ihn Paul Auster ersinnt, herzustellen, ist endlos: Da ist das Interesse für den Stadtstreicher, eine Art «Allerleirauh» moderner Zeiten, bekleidet mit einem Panzer, den er ablegen muß; da sind die Streifzüge durch die Stadt, jeder davon eine Schnitzeljagd, die es möglich macht, ein Rätsel zu lösen (Stillman und Quinn in *Stadt aus Glas*, Peter Aaron, Sachs und Maria Turner in *Leviathan*, Fogg und Effing in *Mond über Manhattan*); da ist die Rolle des Geldes, das die Schicksale durch immer unerwartete Erbschaften neue Wendungen nehmen läßt; da sind Helden, die falsche Identitäten annehmen, sich fremden Besitz aneignen oder untertauchen (Peter Aaron und Benjamin Sachs, Quinn und «Paul Auster») ...

Aber zwei weitere grundlegende Aspekte rücken das Uni-

versum von Paul Auster in die Nähe des Märchens: der Frei-
raum für die Phantasie des Lesers und der Raum, den er der
Menschenfamilie zugesteht.

Nebenbei gesagt, war unser Autor ein großer Kafka-Le-
ser, und Kafka selbst hat Märchen unter dem direkten Ein-
fluß der Märchen der Brüder Grimm geschrieben.

Paul Auster beruft sich, wenn er von seiner Art zu schreiben spricht, gern auf den Ausdruck: *«swift and lean»*, wörtlich «eilig und fettarm», «schnell und mager». Denn das
Geschriebene soll nicht alles vorgeben, sondern zwischen
den Sätzen Freiräume lassen. So kann der Leser das Buch
mitgestalten. Paul Auster hat sich die Lehre aus dem Märchen gemerkt, «wo der Leser seinen Platz hat», wo er die
Lücken füllt. Das gilt z. B. auch für den Satz, mit dem die
Erzählung eröffnet wird. «Mit zwölf Jahren bin ich zum ersten Mal übers Wasser gegangen» etwa in *Mr. Vertigo*, oder
das geheimnisvolle «Mit einer falschen Nummer fing es an,
mitten in der Nacht läutete das Telefon dreimal, und die
Stimme am anderen Ende fragte nach jemandem, der er
nicht war» (*Stadt aus Glas*), erinnern an die Anfangssätze
zahlreicher Märchen. «Es waren einmal zwei Brüder, ein rei-
cher und ein armer» (*Die zwei Brüder*, Grimm) oder «Weit
von hier, da, wohin die Schwalben fliegen, wenn wir Winter
haben, wohnte ein König, der elf Söhne und eine Tochter,
Elisa, hatte.» (*Die wilden Schwäne*, Andersen), oder aber
in *Die Schöne und das Biest* von Mme de Villeneuve: «In
einem fernen Land liegt eine Stadt, wo blühender Handel
für Überfluß sorgt.» Das Geheimnis entsteht aus der Geschichte, aus der Art, wie sie schon in den ersten Worten
angelegt wird. Doch nichts wird gesagt, alles wird angedeutet. Paul Auster drängt, sobald er in seinem «eigenen Zimmer» ist, beim Schreiben die reelle Welt fort, baut eine
«imaginäre Realität» auf, und der Leser wird aufgefordert,
ihr seine eigene hinzuzufügen.

Der zweite oben angesprochene Aspekt betrifft den Raum, der der «Menschenfamilie» zugestanden wird. Das Märchen bewegt sich in einem eingeschränkten Universum. Das Märchenreich, so behauptet Marthe Robert, sei das einer ganz abgeschlossenen und genau abgesteckten Familienwelt, wo sich das erste Drama des Menschen abspiele. Paul Auster beschreibt nichts anderes. Deswegen wäre es falsch, sein Werk als Ergebnis einer intellektuellen Auseinandersetzung zu sehen. Der Versuch, Auster auf dem Hintergrund überfrachteter kultureller Bezüge zu lesen, ist in meinen Augen ein zum Scheitern verurteiltes Unterfangen und zugleich ein Mißverstehen. Paul Auster schreibt nicht für einen kleinen Gelehrtenkreis; direkt und ohne Umschweife spricht er das Herz der Leute an. Alles wendet sich diesem empfindlichen Kern des Menschen zu. Wenn er von seiner Art zu schreiben spricht, stützt er sich niemals auf irgendwelche Sprach-, Struktur- oder Erzähltheorien, sondern spricht lieber von Musik, behauptet, daß ein Großteil des Geschriebenen im Ohr klinge und daß der Rhythmus genausoviel ausmache wie das Wissen um die Wortbedeutung. «Man schreibt auch mit seinem Körper. Es ist das Ohr, das mehr zählt als das Auge»; und auch: «Ich lehne Zynismus ab. Es ist zu einfach, zynisch zu sein.»

Wie im Märchen, so lügt auch der Schriftsteller, ohne damit einer Täuschung Vorschub zu leisten: Er bleibt immer wahrhaftig. Er schafft ein pädagogisches Werk, denn er erzählt uns von uns, indem er von sich selbst erzählt, von seinen eigenen Zweifeln, seinen Schuldgefühlen und seinen Gewissensbissen. Woraus bestehen wir? fragt er uns. Woraus ist dieses Material gemacht, das den Stoff liefert, aus dem meine Bücher bestehen? Im Alter von 25 Jahren traf Paul Auster in Paris Samuel Beckett, der gerade die englische Fassung von *Mercier und Camier* verfaßt und dabei ein Viertel der ursprünglichen Version gekappt hatte. Auster, der junge unerfahrene Schriftsteller, gestand Beckett, daß er die Kürzungen nicht verstehe, daß der gesamte Text hervorragend sei. «Meinen Sie? Sind Sie sicher?» fragte ihn Beckett beunruhigt und voller Zweifel ... Als Märchenschreiber rührt uns Auster an, weil er nach jedem Buch dasselbe Gefühl des Versagens empfindet, weil er weiß, daß er ohne diese Leere, ohne dieses Tief, das auf die Entstehung eines Buches folgt, aufhören würde zu schreiben. Suchen und glauben, niemals gefunden zu haben, wie Beckett. Suchen, indem man Figuren schafft – Quinn, Sachs, Nashe, Aaron, Fogg etc. –, die, jeder auf seine Weise, Paul Auster sind und gleichzeitig wieder doch nicht: «Nicht einmal der Paul Auster in *Stadt aus Glas* ist mit mir identisch.»

Vertigo,
das Schwindelgefühl am Werk

Schon auf den ersten Seiten von *Mr. Vertigo*, als Meister Yehudi Walt entdeckt – einen neunjährigen Waisenjungen, der im Jahre 1924 in den Straßen von Saint Louis bettelt –, ist seine Entscheidung gefallen. Nachdem er ihn mit «Du bist nicht besser als ein Tier, ein menschliches Nichts» beschimpft hat, weiß er, daß er einen Schüler vor sich hat, dem er beibringen wird zu fliegen. Levitation, im eigentlichen oder übertragenen Sinne, das ist egal, denn was heißt schon, fliegen zu lernen: den Boden unter den Füßen verlieren, oder auf dem Boden zu bleiben? Wie in dem Buch *Der Alchimist* von Paulo Coelho, wo man einen jungen andalusischen Schäfer auf die Suche nach einem am Fuße der Pyramiden vergrabenen Schatz losziehen sieht, nehmen wir teil an einer Suche, demnach einer Parabel, demnach Schicksalszeichen, demnach Wundern... Als Walt am Ende seines Lebens, achtundsechzig Jahre nachdem er einen kleinen Teich in Kansas überflogen hat, beschließt, sich in einen Schriftsteller zu verwandeln und uns seine Heldentaten zu erzählen, tut er sicherlich nichts anderes, als uns seinen Teil der Wahrheit zu entschleiern.

Sich selbst kennenzulernen, das ist die erste Lehre von Meister Yehudi. Daß Walts Vater 1917 bei einem Gasangriff ums Leben kam, daß die Mutter Prostituierte war und von einem Polizisten umgebracht wurde – der Meister scheint alles über den Schüler zu wissen: «... du darfst dich nicht vor der Wahrheit drücken, solange du es mit mir zu tun hast, sonst wird nie was aus dir.» Sich selbst zu kennen, das ist die Visierlinie, das ist die Zielscheibe des gesamten Werkes von Paul Auster. Auf den Seiten von *Mr. Vertigo* wird die Essenz einer Thematik zusammengefaßt, die zum Ziel hat, über den äußeren Schein hinauszugehen und die Vergangenheit einer Zukunft wiederherzustellen. «Ohne jemals die Puppen spielen zu lassen», aber ständig dem inneren Drang folgend, schreiben zu müssen, so weist der Schriftsteller Paul Auster der Literatur die Rolle zu, die Montaigne der Philosophie zuwies, «leben zu lernen»: «Montaigne behauptete nämlich in seinen jungen Jahren, das Ziel des Philosophierens sei, sterben zu lernen. Mit zunehmendem Alter hat er sich widerrufen: ‹Das wahre Ziel des Philosophierens ist leben lernen.› Ich werde bald fünfzig, und ich stimme der zweiten These zu.»

Zweite Lehre: Dadurch, daß man sich selbst kennenlernt, kann man gleichsam mit dem Finger die Wahrheit des anderen berühren. Das Stadtkind Walt, das Jazz und den Lärm der Menge liebt, die Straßenbahnen und die Neonlichter, «den Gestank von geschmuggeltem Whiskey in den Rinnsteinen», beschreibt sich selbst als «Schlingel, dem der Boogie in den Beinen steckte, ein kleiner Scatsänger mit flinker Zunge»: eine farbenfrohe Mischung, die jedoch das

Anderssein nicht ohne weiteres anzunehmen weiß, die Vielschichtigkeit eines Amerika, das bald schon von der Krise getroffen werden sollte. «Du wohnst mit einem Juden, einem Schwarzen und einer Indianerin unter einem Dach, und je eher du die Tatsache akzeptierst, desto wohler wirst du dich hier fühlen», sagt Äsop zu Walt. Mutter Sue, die Indianerin vom Stamm der Oglala, Äsop, «ein echter Äthiopier», Meister Yehudi, der Jude, das ist die ganze Geschichte Amerikas, das mitten in den Feldern um Wichita liegt, «diesem allerletzten Kaff, so fesselnd wie ein Pickel auf einem bleichen Arsch».

Es gibt nichts Amerikanischeres als die Romane von Paul Auster: das Amerika der Felder und Städte, des Ku Klux Klan und der Gangster von Chicago, der Atlantiküberquerung von Charles Lindbergh und der zahlreichen Ableger der Freiheitsstatue; das Amerika weiter wüstenartiger Flächen und das der großen Baseball-Sehnsüchte und der *diners*, das Amerika von Lone Ranger und den Indianern, von Ellis Island und des Kirschbaums von George Washington … Man hat aus Paul Auster allzuoft den europäischsten unter den amerikanischen Autoren gemacht. Nur weil er Mallarmé und Flaubert übersetzt, Pascal und Montaigne gelesen hat, wollte man in seinem Schreibstil sogar eine Raffinesse entdeckt haben, die angeblich an das französische 18. Jahrhundert erinnert! Unmerklich haben sich Indizien, Spuren und Beweise ergeben, die einen Mythos entstehen ließen: Zufall, Thriller, die Entdeckung des Schreibens mit fünfzehn Jahren beim Lesen von *Schuld und Sühne* … So hat man ihn zu einem Sonderberichterstatter der *New York Times* im Paris der siebziger Jahre gemacht, während er dort aus Geldnot nur als ganz gewöhnlicher Telefonist gearbeitet hatte. Zu einem militanten Verfechter der *Student Democratic Society*, die gegen die Rassendiskriminierung kämpfte, während er hauptsächlich gegen den Vietnamkrieg protestierte, als er an der Columbia University studierte ... Ganz zu schweigen von seiner sechsmonatigen Heuer auf einem Öltanker, der ihn – entgegen den Berichten einiger eiliger Biographen – nicht in den Persischen Golf befördert, sondern viel näher am amerikanischen Kontinent belassen hat: «Ich bin nicht weit gereist, ich bin im Golf von Mexiko geblieben: Texas, Florida, South Carolina, New York.» Usw. Man legt gern Schubladen an ... Auch Jorge Luis Borges hatte unter dieser, wenn nicht schrägen, so doch seltsam verblendeten Sichtweise zu leiden. Man hat ihn uns als anglophonen, germanophilen, Altsächsisch sprechenden Kosmopoliten dargestellt, wie er an seinem weißen Stock Bibliotheken durchmißt, Tiger in Labyrinthen verliert, mit der Zeit spielt, so wie die Uhr am Rathaus des alten Prager Ghettos, die rückwärts läuft. Jean-Pierre Bernes führte den Meister mit dem ersten Band der französischen Werkausgabe zu seinen argentinischen Ursprüngen zurück. *Mr. Vertigo*, das Zentrifugenzentrum von Paul Austers Werk, trägt dazu bei, es in die maßgebliche Geschichte der amerikanischen Literatur wiedereinzuordnen, in die Reihe seiner fruchtbaren Vorfahren und Zeitgenossen: Herman Melville, H. D. Thoreau, Charles Reznikoff, George Open, John Ashbery, Don DeLillo, Russell Banks und einige andere. Vertigo, das Schwindelgefühl beim ständigen Durchqueren Amerikas; Vertigo beim Umherirren und Suchen; Vertigo beim Laufen und bei der Kunst, «mit offenen Augen» zu gehen, da «jeder versucht, sein eigenes Chaos in dem der anderen zu entschlüsseln».

Unwissenheit,
aus der Bücher entstehen

Wie Goytisolo, der Spanien lieber von Marrakesch oder Paris aus beobachtet – aus der nötigen Entfernung –, so wohnt Paul Auster in Brooklyn, um New York vom anderen Flußufer aus besser betrachten zu können, und das Ende der großen amerikanischen Mythen auszukundschaften: Man hätte nicht über den Mond gehen sollen, heißt es in *Mond über Manhattan*. Amerika durchquert Auster ohne Unterlaß. Städtisches Umherirren in der *New York-Trilogie*; phantastisches Umherirren im *Land der letzten Dinge;* endloses Umherirren in der *Musik des Zufalls*; Spazierritt in *Mond über Manhattan*, genealogische Durchquerung in *Smoke*, Abstieg in die Höllen des Terrorismus und der Verweigerung in *Leviathan* ...

Das Umherirren ist eine Suche nach sich selbst, nach den anderen. Fasziniert von einer seltsamen Einsamkeit, einer unüberwindlichen Unfähigkeit, seinen verletzten Vater zu töten, irrt Walt, die Figur aus *Mr. Vertigo*, mit lebenslangen, schwersten Schuldgefühlen durch den dichten Märchenwald. Denken Sie an den sonderbaren, schlichten Satz: «Mit zwölf Jahren bin ich zum erstenmal übers Wasser gegangen» – er erinnert an die selbstverständlichen Botschaften unserer Bilderbücher aus der Kindheit, voller Geheimnisse und Rituale. Der Leser muß die Lücken in der Geschichte, in der Erzählung schließen, während der Held unzählige Prüfungen zu bestehen hat, aus denen er siegreich hervorgeht.

Bevor er übers Wasser gehen kann, muß Walt sich einer Initiation unterziehen, die er als nicht endende Flut von Mißhandlungen erlebt: «Seit einem Jahr erleide ich jede Demütigung, die man sich nur denken kann. Er hat mich begraben, er hat mich verbrannt, er hat mich verstümmelt, und ich klebe noch immer am Boden fest.» Diese «Mißhandlungen» sind in Wahrheit Türen zu einem inneren

Reichtum, der sich später als beunruhigendes Bild der Leere erweisen wird. In *Mond über Manhattan* entdeckt das andere Waisenkind, Marco Stanley Fogg, auf der Schwelle zum Erwachsensein nicht Weisheit, sondern ebenfalls Leere. Sollte das etwa die furchtbare Stoßnadel der ebenso schelmenhaften wie symbolischen Romane Paul Austers sein? *Schlagschatten* hinterfragte den anderen in einem selbst; *Hinter verschlossenen Türen* legte eine unumkehrbare Wandlung der Identität frei; *Mr. Vertigo* ist eine Initiationsreise in die Dunkelheit einer Figur, die jeder von uns sein könnte. Walt lebt in der ständigen Bedrohung, von einem anderen Walt entlarvt zu werden: Beim Fliegen wird er selbst zum Dieb; er entlarvt andere und sich selbst. So enden Paul Austers Romane häufig mit dem Verschwinden: «Dann erwachte er zum letztenmal» (*Die Erfindung der Einsamkeit*), «Und von diesem Augenblick an wissen wir nichts mehr» (*Schlagschatten*); und schließlich in *Mr. Vertigo*: «Und dann steigen Sie ganz langsam vom Boden auf» ...

Bildungsromane mit irrigem, zersetztem, abgehacktem Ende – man lernt daraus, nicht «man selbst zu sein». Paul Austers Bücher sind tiefgründige Hymnen an die Abwesenheit. Diese Abwesenheit ist es auch, die alle antreibt: Walt, Nashe, Quinn, Anna, Peter Aaron, Benjamin Sachs ... Vielleicht ist es auch diese Abwesenheit, die Auster zwingt, weiterzuschreiben, im dunkeln zu arbeiten, rätselhafte Romane ohne Lösung zu ersinnen. Abgesehen von dem ersten, einem unter Pseudonym geschriebenen Krimi, der den Gesetzen des Genres nicht gehorchte: «Meine schriftstellerische Freude ziehe ich aus dem gewissen Etwas, das mich zum Schreiben drängt», oder vielleicht diese Frage, die in der *Erfindung der Einsamkeit* gestellt wird: «Stimmt es, daß man, um ein richtiger Junge zu werden, ins Meer hinabtauchen und seinen Vater retten muß?»

Mehr als andere sind die Helden bei diesem Autor, der in das Absolute vordringt, um die Wahrheit über sich und die Welt zu erfahren, in einer wechselhaften Realität isoliert. Wir wissen, daß es bei Paul Auster Zufälligkeiten und notwendige Wegkreuzungen gibt, an denen die Figuren versuchen, ihrem Leben einen Sinn zu geben. Im Sinne dieser Umsetzung der Kunst des Labyrinthes könnte man auf Walt – den Helden von *Mr. Vertigo*, das Straßenkind, das aus seinem Milieu herauskommt und anschließend wieder dorthin zurückkehrt – anwenden, was Auster einer der Figuren in *Leviathan* in den Mund legt: «Niemand kann sagen, wo ein Buch herkommt; am wenigsten derjenige, der es geschrieben hat. Bücher werden aus Unwissenheit geboren [...]»

Als Autoren ihres Lebens vermögen Paul Austers Figuren sich vor allem ihre (eigene) Geschichte zu erzählen, über das Schreiben und über das Leben nachzudenken. Angesichts der Welt und der Vielzahl an verirrten Gestalten, die fremde Identitäten annehmen, um zu spüren, daß sie leben, sprechen sie schließlich einzig von der Beständigkeit der Menschen. Ob fliegende Menschen oder Ikarus: Sie bleiben tatenlos oder streben nach Unsterblichkeit, und ihre Biographie liefert ihnen nichts als Antworten, die gar keine sind: «Die meisten meiner Romane haben die Form irgendeiner Biographie.»

Paul Auster, der mit jedem seiner Werke an die Tradition des Initiationsromans anknüpft – was Gewalt als sichtbares Zeichen von grenzenloser Angst nicht ausschließt: der Tod von Sue und Äsop und der von Meister Yehudi in *Mr. Vertigo* –, gelingt die Verbindung tief verwurzelter mündlicher Überlieferung mit der Märchentradition: «Ich habe niemals so schnell geschrieben», sagt er. Wie aus einer Notwendigkeit heraus, und anders als in den übrigen Büchern – etwa im Falle von Jim Nashes Deprimiertheit in der *Musik des Zufalls* –, beginnt die «luftige» Geschichte in

Mr. Vertigo nicht auf banale Weise, um dann ins Unverständliche, in die Illusion abzudriften, sondern im Gegenteil: Der fliegende Amerikaner kehrt zu sich zurück, findet sich, indem er sich verliert. Paul Austers Werke sind zweifellos auch mystischer Natur. Wie für Saint Jean de la Croix, so gilt auch für seine Helden (und Antihelden) die Entdeckung, daß, je klarer und offensichtlicher die Dinge an sich sind, sie um so geheimnisvoller und der Seele verborgen bleiben. Je heller das Licht, um so mehr blendet und verdunkelt es das Auge der Eule.

La Struttura presente

Wie immer bei Paul Auster darf man dem Schein nicht trauen. Bei ihm ergibt das Unbedeutende Sinn, und sein Vorgehen erinnert durchaus an das eines berühmten italienischen Semiotikers, der Ende der sechziger Jahre ein Standardwerk vorgelegt hat, das weder mit Latein noch mit dem Mittelalter und auch nicht mit Rosen zusammenhing: *La Struttura assente.* Wie Umberto Eco erinnert Paul Auster daran, daß Klänge, Gegenstände, Gesten und Bilder Zeichensysteme sind, zwischen denen das Gefühl seinen Platz findet. Daß das Leben über Codes verfügt, die es zu entziffern gilt, daß die Welt der Dinge und die der Kultur aufs engste miteinander verbunden sind, daß die Literatur verpflichtet ist, neue erzählerische Gebiete zu erschließen, daß eine nicht vorhandene Struktur dafür da ist, ein Gefühl der Befremdung zu schaffen.

Um von seiner Zeit zu erzählen – denn in gewisser Weise tut er genau das – setzt er Geheimagenten der Literatur ein, Doppelagenten der Gefühle, den Schriftsteller-Detektiv und den Detektiv-Schriftsteller: «Die beiden Berufe haben

Überschneidungspunkte. Jeder sucht nach einer Wahrheit, die sich oft hinter den Dingen verbirgt und die schwer greifbar ist. Schriftsteller wie Detektiv müssen den Schein durchdringen.» Manuel Vázquez Montalbán, der alles andere als Kriminalromane schreibt, die er auch – wie er zugibt – nicht gern liest, antwortete Paul Auster indirekt: «Sowohl der Schriftsteller wie der Privatdetektiv suchen beide eine Wahrheit. Paul Auster hat damit vollkommen recht. Der Detektiv steht für eine Perspektive, die sich aus seiner persönlichen Geschichte, seinem Hintergrund ergibt. Er verkörpert lediglich eine mögliche Sichtweise auf die Wirklichkeit. Der Schriftsteller stellt sich die gleichen Fragen: Durch eine Ermittlung eröffnet er einen inneren Monolog.»

Wie in Hitchcocks Film *Das Fenster zum Hof*, so beobachtet Paul Auster: Die ungewisse Zukunft und die Zufälligkeiten, die Kleinigkeiten des Lebens und die romantischen Irrfahrten. Gewiß, es kommt vor, daß er die Fiktion «verrät» (*Stadt aus Glas, Leviathan, Mond über Manhattan*), er habe, gemäß Cervantes und Sterne, «einen Geist, der stark zum Abschweifen neigt». So improvisiert ein Jazzmusiker, der sich mit dem *scat* auskennt, nicht auf lautmalerische Töne, wie Louis Amstrong es eines Nachmittags im Januar 1926 tat, sondern auf das Leben und seine Ungewißheiten. Auster weiß, wie man Bilder erstarren läßt und sich des *travelling* bedient, durch die Stadt spaziert (vor allem durch New York), nachahmt, ausklammert, Spion spielt, Tatsachen analysiert, doch vor allem Geschichten erzählt – Erzählungen aus dem dichten Dschungel der Wirklichkeit, Erzählungen vom Leben im Leben.

Paul Auster gerhört zu den Erzählern, die an den Abenteuer- und den Initiationsroman anknüpfen (in seiner ersten Bedeutung, im Sinne eines Zugangs zu den Geheimnissen. Wie z. B. *Das Glasperlenspiel* von Hermann Hesse), der Geschichten über das Ausspionieren der Seele schreibt und über die Tragödie des Wunderlings, der in einer Welt verloren ist, deren Zentrum er nicht mehr bildet. Der Autor von *Blackouts* und *Wall Writing*, von *Von der Hand in den Mund* und von *White Spaces* (ein Text, der 1980 entstand, also in der Phase von Austers ersten Erfahrungen mit der Prosa) hat eine ganz eigene Art, sich unserer Gegenwart zu nähern, ihrer Sprache, ihrem Rhythmus und ihrem Atem – das gilt sowohl für das unauflöslich Moderne als auch für das oftmals Überholte. Zur Untermalung wählt er die zeitgenössische urbane Welt, schickt uns einen *letter from the City* und schafft eine Art Fetischismus des Objekts und der Situation. Manhattan ist jedoch nicht Brooklyn. Die Welt in *Stadt aus Glas*, ein lautes und gewalttätiges Manhattan, ist sehr weit entfernt von der kunterbunten Sorglosigkeit, die sich so angenehm in Brooklyn ausgebreitet hat. Erreicht man einmal den East River und die Brücke, die die beiden gänzlich verschiedenen Welten miteinander verbindet, ist es nicht verwunderlich, daß die Figur Quinn – Kriminalautor, der durch eine Verwechslung zum Detektiv Paul Auster wird – Paul Karasik und David Mazzucchelli dazu angeregt hat, von dem ersten Roman der *New York-Trilogie* eine *graphic mystery*-Version anzufertigen. Die Schwarzweißzeichnungen von ungebrochener Strenge rücken die Erzählung ohne Zweifel in Richtung eines metaphysischen Thrillers, um den Paul Auster ebenso bangt wie um seinen ersten SSK-Baseballhandschuh, doch vor allem machen sie auf einfühlsame Weise deutlich, wie hart die Megalopolis ist, mit der zahlreiche Figuren Paul Austers konfrontiert werden: «Denn New York ist der hoffnungsloseste, verlassenste und niederträchtigste aller Orte.» Was die menschliche Laufbahn betrifft, so folgt sie häufig jener Gleichung: Durch eine neue Logik, die ebenso unerwartet wie beunruhigend ist, wird aus einem banalen Leben eine außergewöhnliche Existenz. «Quinns Frau und sein Kind sind tot. Er hat jegliche Verbindung zum normalen Leben verloren. Er ist wie ausgehöhlt. So kommt es, daß er, als ihn der Telefonanruf erreicht, ohne zu zögern zusagt. […] Diese Leere [charakteristisch für viele Handlungsstränge von Paul Austers Romanen] macht ihn verfügbar, und die Geschichte kann beginnen»: *Mit einer falschen Nummer fing es an* …

In dieser irreführenden Welt voller Klänge und Regungen, einer Welt, die zwischen Wort und Schrift schwankt, verfolgen die Figuren einander, suchen sich, haben eine besondere Art, miteinander zu sprechen, ganz so wie Paul Auster eine eigene Art hat, sie zu beschreiben. So heißt es in *Mond über Manhattan*: «Ich war von einem Felsen hinuntergesprungen, und dann, gerade als ich unten aufschlagen sollte, ist etwas Außergewöhnliches passiert: Ich habe begriffen, daß die Menschen mich liebten.» In der *Musik des Zufalls*: «Jede Nacht vor dem Schlafengehen schrieb er die Anzahl der Steine auf, die er an diesem Tag der Mauer hinzugefügt hatte.» Im *Roten Notizbuch* schließlich: «Diesmal jedoch begann ich darüber nachzudenken, was wohl geschehen wäre, hätte ich ja gesagt. Was, wenn ich mich als Detektiv der Agentur Pinkerton ausgegeben hätte?» Paul Auster wirft uns ins weite Meer des Romans und zwingt uns zu schwimmen. Als Provokateur von scharfem Verstand ruft er uns pausenlos in Erinnerung, daß das Leben sonderbare Entgleisungen birgt – die durch nichts angekündigt werden und die man niemals in den Griff bekommt, Fehltritte, die uns in die Tragödie oder in die Komödie stürzen lassen – und daß sich unbekannte Räume wie Abgründe unter unseren Füßen auftun können. Darüber berichtet er, als ungetreuer Berichterstatter vom Leben und seinen Erschütterungen.

Schimmelpenninck Boogie:
Smoking no smoking

Nachdem ihn die Lektüre von *Auggie Wrens Weihnachtsge-schichte* in der *New York Times* zu Tränen gerührt und zu einem Lachanfall hingerissen hat, beschließt der Filme-macher Wayne Wang an einem Dezemberabend des Jahres 1990, sich mit dem Autor in Verbindung zu setzen. Er kennt ihn nicht, möchte ihn jedoch dazu überreden, auf der Grundlage dieser Geschichte «von Wahrheit und Lügen, von Großzügigkeit und Diebstahl» ein Drehbuch zu schrei-ben. Dies klingt ganz nach einem Romananfang von Paul Auster, was nicht weiter verwunderlich ist, denn in der Tat war er der Verfasser der Geschichte. Zunächst von dem An-gebot selbst, dann von der Erfahrung beim Drehen von *Smoke* motiviert, improvisiert Auster – manchmal selbst hin-ter der Kamera – an zweimal drei Tagen mit den gleichen Schauspielern und dem gleichen Regisseur einen zweiten Film, dessen Titel *Blue in the Face* höchste nervliche Anspan-nung suggeriert ... Die begeisterten Anhänger des amerika-nischsten aller amerikanischen Autoren werden sich voller Wonne den Seiten dieser beiden Skripte hingeben, die zu-dem noch durch Anmerkungen und Drehtagebuchauszü-gen ergänzt werden. Sie vermitteln auf herrliche Weise die Welt der Verstellung und der Authentizität, der Einsamkeit und der steten Verletzlichkeit eines Autors, den das Kino gereizt hat. Wem ist zum Beispiel aufgefallen, daß der Fah-rer, der am Ende des Films die Hauptfigur aus *Die Musik des Zufalls* (1993 von Philippe Haas verfilmt) per Anhalter mit-nimmt, kein anderer ist als Paul Auster selbst?

Das Kino läßt uns durch eine seltsame Tür in die Intimität Paul Austers und seines Werkes vordringen. Die Drehbücher von *Smoke* und von *Blue in the Face*, die zur Hälfte in seinem Arbeitszimmer in Brooklyn und zur anderen Hälfte «auf dem

Rücksitz eines Autos, das durch die verstopften Straßen der Innenstadt rollte» geschrieben wurden, erinnern daran, daß Paul Auster im Alter von zwanzig Jahren Exposés für Stummfilme verfaßte und die Aufnahmeprüfung für das IDHEC nicht bestand – genau wie Wim Wenders! Dank einer bemerkenswerten Besetzung – Lou Reed, Harvey Keitel, Giancarlo Esposito, Jim Jarmusch, Madonna –, sind diese Kinoromane, wie Cocteau sie vielleicht genannt hätte, so etwas wie «Männer und Frauen am Rande einer Existenzkrise», eine schöne Hommage an seinen Fetisch, sein Viertel, das unweit der Brooklyn Bridge und ihrer darüber schwebenden Fußgängerbrücke liegt, die Walt Whitman als bestes und wirkungsvollstes Seelenheilmittel bezeichnet hat; dort, wo sich Stillman – in *Stadt aus Glas* – das Leben nahm und «mitten in der Luft, bevor er noch auf dem Wasser aufschlug», starb; dort schließlich, wo Paul Benjamin, das Double vom Double – der Schriftsteller, der in *Smoke* von William Hurt dargestellt wird – seine Schimmelpennincks an der Ecke Court Street kauft…

Die Kunst des Falls

Um eine alte Schreckensvision aus Schultagen zu entkräften – den vermeintlichen Horror vacui –, führte Pascal drei Versuche durch, darunter den berühmten *le vide dans le vide*. So glich sein materielles und spirituelles Universum, noch nach der Erfindung des Barometers, als Ergebnis eines geometrisch und mathematisch geprägten Intellekts und ebensolcher Psychologie dem Universum Dantes mit seinen großen konzentrischen Kreisen, denen man lediglich durch ein Wunder entkommt. Paul Auster, passionierter Leser von Pascals *Gedanken*, schreibt der Phantasie ebenfalls unendlich viele wunderliche Wirkungen zu, Trugbilder, «Falschspielerei», und das um so mehr, als die Meisterin aller Irrtümer diese nicht immer beherrscht. So wird unter anderem das Schwindelgefühl auf einem Balken erzeugt. Um aus der Langeweile herauszutreten, die nebenbei bemerkt die Krankheit der Klassik war, macht Pascal diese zum zweiten Element der menschlichen Triade: «Die Lage des Menschen: Unbeständigkeit, Langeweile, Sorge.» Und so zögert ein Held bei Auster nicht, ins Leere zu springen. Schon auf den ersten Seiten der *Musik des Zufalls* stürzt sich Nashe in die Tiefe, in der Annahme, er habe nichts mehr zu verlieren, ohne die leiseste Besorgnis: «Ohne zu zucken, schloß Nashe die Augen und sprang.» In *Mond über Manhattan* stürzt Barber, bricht sich das Rückgrat und stirbt schließlich. Im *Land der letzten Dinge* springt Anna Blume durch ein geschlossenes Fenster. In *Leviathan* tut Benjamin Sachs das gleiche … Was den kleinen bettelnden Waisenjungen betrifft, den Meister Yehudi (*Mr. Vertigo*) in einer Straße von Saint Louis entdeckt, so bietet er eine Umkehrung dar: Er geht über Wasser und bringt es zu erstaunlichen Levitationsübungen. Zu guter Letzt sollte nicht vergessen werden, daß in einer von drei Versionen der Großvater väterlicherseits von einer Leiter gefallen sein soll …

Die Vorstellung vom Fall, die viele seiner Figuren verfolgt, verfolgt ebenso den Mann, den Familienmenschen, den Vater, was Paul Auster bezeichnenderweise in seinem berühmten kleinen *Roten Notizbuch* schildert: «… mein Vater arbeitete auf dem Dach eines Gebäudes in Jersey City. Aus irgendeinem Grund (ich habe es nicht mit eigenen Augen gesehen) rutschte er über die Kante und setzte zum freien Fall an. Wieder schien die Katastrophe unausweichlich, und wieder wurde er gerettet. Eine Wäscheleine bremste seinen Sturz, und als er aufstand, hatte er nur ein paar Beulen und Hautabschürfungen. Nicht einmal eine Gehirnerschütterung. Kein einziger Knochen gebrochen.» Die Erinnerung daran hat Paul Auster nie losgelassen. Wie die eines gewissen falschen Helden von Albert Camus, der Zeuge eines stummen Dramas wird – er vernimmt das Geräusch eines Körpers, der sich zunächst auf ein Fensterbrett stützt, um schließlich auf der Wasseroberfläche aufzuprallen –, und es in einer Amsterdamer Bar gesteht. Wie *la noia*, diese Unzufriedenheit, die noch mysteriöser ist als Zufriedenheit, aus der Alberto Moravia seinen verstörendsten Roman zieht: *La Noia*. Wie die erste Erinnerung, von der er im *Portrait eines Unsichtbaren* berichtet: «Manchmal denke ich daran: wie ich in Niagara Falls, diesem Urlaubsort für Flitterwöchner, gezeugt worden bin.» Der Fall taucht nach Austers Meinung alle seine Romane in die Stimmung einer schrecklichen Unschuld, die auf die Schuld folgt. Im Erwachsenenalter gelangen seine Figuren zu keinerlei Weisheit, abgesehen von der Leere, wie der des Ozeans, vor dem der Held von *Mond über Manhattan* am Ende steht. Als er die Küsten von China betrachtet, ohne sie zu sehen, beobachtet er seine eigene Leere. Die Leere der Schicksalsintrigen nach dem Fall. Doch inmitten dieser verwischten Fährten hegt er eine leise Hoffnung: Die Liebe allein könne einen Menschen in seinem Fall bremsen, bemerkt der gelehrte Vagabund.

Amerika:
In the country of first things

In einer *Natur- und Sittengeschichte Indiens*, veröffentlicht in Sevilla im Jahre 1589, erklärte der Jesuit Joseph de Acosta – und er war überzeugt, das erste wissenschaftliche Werk über die Neue Welt zu schreiben, frei also von Mythen und Legenden, die von den Erstentdeckern überliefert worden waren – gleichwohl Indiens Reichtum an Bodenschätzen mit dem Willen Gottes, der, wie er behauptete, seine Gaben nach Belieben verteilt habe; das Vorkommen von Gold und Wasser erklärte er mit der «Sintflut» und das Kommen der Spanier mit der Nähe der Arche Noahs! Jenes Amerika hatte etwas vom Eldorado; vom Jungbrunnen und den Sieben Weltwundern, vom Schlaraffenland; man hätte es erobern mögen wie Don Quichotte, was auch Candide 1759 bei seiner Suche nach Fräulein Cunégonde «an der Grenze des Ohrlappen-Landes» feststellen wird ... Gleiches gilt in mancher Hinsicht für Paul Austers Amerika. Von der Eroberung des Westens bis zum ersten Schritt eines Menschen auf dem Mond spielt der Autor von *Mond über Manhattan* mit den Mythen Amerikas. Der Völkermord an den Indianern, die Atombombe und Vietnam, die Freiheitsstatue und das Denkmal von John Brown, das sind einige Gründermythen, aus denen Paul Auster eine tragischere Version herausdestilliert. Bei ihm ist – mehr als je zuvor – Amerika ein erfundenes Land, mehr eine Vorstellung denn ein Ort, ein filigraner Entwurf, in dem Ideal und Wirklichkeit von Tag zu Tag weiter auseinanderklaffen. Philippe Petit[*] hat es benannt: In diesem Werk ist Amerika keine Nation, die Fortschritte macht – sie wiederholt vielmehr ihre Geburtsstunde. Auster setzt die lyrische Tradition fort, ebenso wie den Ideenroman à la Edgar Allan Poe, der sich – um sein *Eldorado* zu schreiben – von dem Leben des Ritters Raleigh inspirieren ließ, dessen Sohn bei einem Angriff auf die Spanier getötet wurde.

Mit Raleigh hat sich Paul Auster in *The Art of Hunger* auseinandergesetzt. In diesem Amerika des Lebens und des Todes, diesem *Land der letzten Dinge*, wird der Mythos von Eldorado umgekehrt. Die Farbe Gold, Symbol für die Sonne, wird darin zur Währung Gold, Symbol für Verderbnis

---

[*] Ein mit Paul Auster befreundeter Seiltänzer. Autor eines autobiographischen Buches, das P. Auster 1985 ins Englische übersetzt hat (*On the High Wire*).

und destruktive Begierde. Gold wird zu Dreck. Marco (wie Polo) Stanley (wie der Retter von Livingstone) Fogg (wie der Held bei Jules Verne) ist ein Christoph Kolumbus, der es eilig hat: Er verwandelt den Ansturm auf das Gold in einen Ansturm auf den Tod. Im Glauben, das Verlorene Paradies zu suchen, entdeckt er die Hölle, «o Inferno der Wall Street». Er erfindet eine Geschichte, die nicht die wahre Geschichte ist. Mitten auf New Yorker Gebiet entdeckt er Amerika. Oder vielmehr ein Amerika, eines, das kein Gelobtes Land mehr ist, wie es H. D. Thoreau noch in *Vom Wandern* beschreibt: «Vielleicht wird dem Reisenden etwas unbeschreiblich Fröhliches und Heiteres, *loeta* und *glabra*, an unserem Gesicht auffallen. Wozu sollte sich sonst die Erde drehen und warum hätte man Amerika entdeckt ...?»

Flaschenpost an den Vater

Die Erfindung der Einsamkeit ist ein Nachdenken über den Vater – Paul Austers Vater, der plötzlich und unerwartet im Alter von siebenundsechzig Jahren starb. Ein Tod, von dem er am Telefon erfuhr. Ein Buch, das aus einem tiefen inneren Bedürfnis heraus geschrieben wurde. In den Romanen der *New York-Trilogie* ist der geheimnisvolle Vater zu spüren: bedrohlich, abwesend oder tot. *Mond über Manhattan* erzählt die Geschichte eines Waisenjungen, der von seinem Onkel, einem gescheiterten Musiker, aufgezogen wird, und der durch eine Reihe von Schicksalswenden und Begegnungen seinen Großvater und seinen Vater wiederfindet. *Smoke* handelt von einem jungen Schwarzen, Rachid, der schließlich in Cyrus Cole den Vater entdeckt, den er suchte. Paul Auster wird von Geschichten um Kind- und Vaterschaft verfolgt, von jenen Kindern und Vätern, die – nach Henry James –

Das Bild im Teppich suchen. Paul Auster, der seinen Vater zu diesem ewig «unsichtbaren» Mann macht, schreibt in *Von der Hand in den Mund* über seinen Stiefvater, den Mann, den seine Mutter 1965 geheiratet hatte: «Sein früher Tod im Jahre 1982 (er war fünfundfünfzig Jahre alt) hat mir in meinem Leben mit am meisten Kummer bereitet.» Abwesende und schuldige Väter, ihren Fragen überlassene Söhne, jüdische Väter, die man, wie Philip Roth schreibt, nicht hasse und die soviel Schmerz empfänden. Exzentrische Väter wie Effing, dessen Sohn – der Schriftsteller wurde und dessen Tätigkeit er insgeheim über eine Stiftung finanzieren will – ihn nie zu Gesicht bekommen hat. Effing, der abwesende-anwesende Vater aus *Mond über Manhattan*, der Marco Stanley Fogg seine Memoiren diktiert, damit sie nach seinem Tode jenem unbekannten Sohn zukommen. Das Schreiben, das Buch, das zum Mittel wird – zur Flaschenpost an den Vater –, um die unterbrochene Kommunikation wieder in Gang zu bringen, das Buch zu Ende zu bringen. Mallarmé, der gequälte Vater, widmet seinem verstorbenen Sohn in *Pour un tombeau d'Anatole* einen Grabgesang: «Fosse creusée par lui / vie cesse là.» *Pour un tombeau d'Anatole*, die Umkehrung der *Erfindung der Einsamkeit*, verbindet bei Auster* den vaterlosen Sartre und Kierkegaard, der behauptet, wer bereit sei zu arbeiten, der schenke dem eigenen Vater das Leben. Indem er von der existentiellen Bindung zwischen Vater und Sohn schreibt und über seinen Erklärungsversuch, über die Wechselfälle und Schwierigkeiten der Kindschaft, schreibt Paul Auster nicht «direkt» über seinen Vater: Er denkt über den Vorgang selbst nach: «Durch das Nachdenken über meinen Vater bin ich zum Nachdenken über mein eigenes Weltverständnis gelangt.»

---

* *A Tomb for Anatole.* Übersetzung aus dem Französischen von Paul Auster. San Francisco, North Point Press, 1983.

Brooklyn: Die Volksrepublik
ohne Nummer

Die Geschichte der Erinnerung ist zugleich die des Blickes. Durch Sprache existiert der Mensch in der Welt, die ein Zimmer sein kann – das von Anne Frank etwa, das auf die Rückfassade eines Hauses hinausging, in dem Descartes gelebt hatte – oder eine Stadt. Nicht Amsterdam, nicht Paris, sondern New York, kein vertrauter Raum, ein Labyrinth aus unzähligen Schritten (siehe *Die New York-Trilogie*), in dem der Mensch sich nicht nur in sich selbst verliert, sondern auch in der Stadt selbst, Brooklyn, das man so erforscht, wie man es mit dem eigenen Körper täte. Eine Stadt von gewaltiger Leuchtkraft, die Stillman in *Stadt aus Glas* aus klaren Gründen gewählt hat: «Denn es ist der hoffnungsloseste, verlassenste und niederträchtigste aller Orte. Hier ist alles kaputt und es herrscht ein völliges Durcheinander», Brooklyn, das so manche Seite in Paul Austers Werk einnimmt und das die viertgrößte Stadt der Vereinigten Staaten sein könnte, wenn es autonom wäre. In *Smoke* und *Blue in the Face* ist Brooklyn beinahe greifbar. Rund um den Inhaber des Tabakladens (Auggie Wren) und den Schriftsteller (Paul Benjamin) läßt uns Paul Auster in die kosmopolitische Welt von Breuckelen eintauchen, dieses «broken land», das im Jahre 1636 von holländischen Siedlern gegründet wurde, und das eine Welt für sich bildet, dort, wo der East River sein Ziel erreicht und sich mit den Wassern der Bucht von New York mischt, dort, wo die berühmte Brücke an die Stelle der Fähre getreten ist, die einst die reichen Bewohner Manhattans zu ihren Landhäusern brachte. Von den Russen am Brighton Beach bis hin zu den Haitianern von Crown Heights, von der jüdischen Gemeinde an der Brücke von Williamsburg bis zu den Italienern in Bensonhurst und auf Coney Island: Brooklyn ist eine *special world* mit einem

Charme, dem zahlreiche Schriftsteller erlegen sind. So etwa Betty Smith in ihrem berühmten *Ein Baum wächst in Brooklyn* und Hart Crane, dessen episches Gedicht *Die Brücke* (1930) eine optimistische Erwiderung auf Eliots *Wüstes Land* ist, aber auch Arthur Miller und Norman Mailer, Truman Capote und Thomas Wolfe, John Dos Passos, Henry Miller, Walt Whitman – vor allem übrigens aufgrund der Brooklyn Heights. Paul Auster zog hingegen das Viertel von Park Slope vor, viktorianisch und altmodisch, halb London und halb Brüssel, mit seinen kleinen Häusern mit Säulen und von schmiedeeisernen Geländern geschmückten Treppen, das sich entlang des Prospect Park West entlangzieht, von Frederick Law Olmstead und Calvert Vaux gezeichnet, den Landschaftsmalern des Central Parks: «Ich mag all die verschiedenen Leute, die hier leben», sagt Auster, «Schwarze, Weiße, Gelbe; alle Religionen, alle Sprachen. Es ist ein Stadtteil, der sich nicht wichtig nimmt, gelassener ist. Die beiden Filme mit Wayne Wang sind eine Art Hommage an dieses Brooklyn, an das, wofür es steht.» Das Brooklyn vom Park Slope ist also das der *Brooklyn Cigar Company*: eines Ladens, der lediglich Kinoausstattung war, dessen Regale dennoch mit Tüten voller echter Kaugummis, mit Schokoladenpastillen und Bonbondosen gefüllt wurden. Eine Maske hinter der Maske. Eine Stadt, die sich von ihrer Phantasiewirklichkeit verabschiedet hat und die in die Welt einer wirklichen Fiktion tritt. Eine in die Geschichte ihres Lebens eingebettete Stadt, die nach ziellosen Streifzügen zu einem unsichtbaren Mittel wird: *broken land*.

Das Zimmer,
The room in which I am writing this

Während ein außerordentlich strenger Winter beinahe ein Viertel der Bevölkerung im *Land der letzten Dinge* tötet, findet die Hauptfigur Anna Blume Unterschlupf in der Nationalbibliothek. An diesem beeindruckenden Ort mit seiner hoch gewölbten Decke, seinen Marmorböden und italienisch anmutenden Säulenreihen, hält sich ein buntgemischtes Völkchen über Wasser. Forscher und Schriftsteller, der Säuberungsbewegung entkommen, aber auch Juden – «Ich dachte, die Juden wären alle tot», flüstert Anna Blume … – haben hier eine unsichere Bleibe gefunden. Anna Blume lernt Samuel Farr kennen, einen Journalisten, der an einem Buch arbeitet. Wie immer bei Paul Auster, so ist diese Bibliothek, wie das Zimmer auch, lediglich ein Durchgangsort, der jedoch in den sechs Monaten, in denen sich Anna Blume dort aufhält, zum «Mittelpunkt der Welt» wird. Während draußen Kälte, Plünderung und Verzweiflung herrschen, trotzen die Überlebenden dem Tod – oder zögern ihn vielmehr hinaus – um den Preis nicht wiedergutzumachender Gotteslästerung und entsetzlicher Taten. Anna Blumes Geständnis, sie habe die Bibel ihrer verstorbenen Freundin Isabel verkauft, winkt der Rabbi rigoros ab: «Es gibt schließlich wichtigere Dinge als Bücher. Essen kommt vor Gebeten.» Auf der Suche nach Brennmaterial greift Anna Blume aus den Büchern, die chaotisch am Boden verstreut lagen oder zu wirren Haufen aufgestapelt waren, aufs Geratewohl einige Exemplare heraus, mit denen sie sich durch den Winter heizen wird. Auf dieser zerstörten Erde existiert die Welt, der die Bücher angehört hatten, nicht mehr. Ausnahmen gibt es nicht. Anders als bei *Don Quichotte*, bleibt kein einziges Buch erhalten, weder Herodot, noch Cyrano de Bergerac, dessen «komisches kleines

Buch» über seine Reisen zum Mond und zur Sonne Anne unterdessen liest: «Am Ende aber wanderte alles in den Ofen und ging in Rauch auf.» Um seine Haut zu retten, muß sich der Bewohner der Bibliothek von dieser trennen. Genau wie Paul Auster, der das winzige Zimmer, das er sich Anfang 1979 in der Varick Street Nr. 6 genommen hatte, ein Jahr später wieder verlassen muß, um nach Brooklyn zu ziehen, wo die Mieten niedriger sind als in Manhattan.

Allerdings sollte diese Adresse unseren Autor für immer prägen. Er erwähnt sie an vielerlei Stellen in seinem Werk: In *Die Erfindung der Einsamkeit*, in *Mond über Manhattan*, in *Leviathan*. Bei einem unserer Treffen in Brooklyn erklärte er mir stark bewegt, daß er mich an dieser grundlegenden Erinnerung teilhaben läßt: «Ich habe dort sehr wichtige, lehrreiche Dinge erlebt. Ich bin eng verbunden mit diesem Ort, der sich heute von Grund auf verändert hat und durch große, strahlende und teure Lofts ersetzt wurde. Damals waren die Wohnungen schäbig. Von alledem ging ein Hauch von Armut und Elend aus. Ich habe 1979 mehrere Monate lang dort gelebt. In der Varick Street Nr. 6, in meinem winzigen Zimmer, habe ich den größten Teil vom *Buch der Erinnerung* geschrieben. Es war furchtbar. Das totale Elend. Ich zahlte hundert Dollar Miete im Monat. Hundert Dollar! Es hatte natürlich kein Bad. Alle hatten eine gemeinsame Toilette im Treppenhaus. Es war furchtbar.»

Pascal also. Denn vor Paul Auster hat er über das Zimmer als einen Ort, an dem sich das Ich abwechselnd verliert und wiederfindet, sich auflöst und bemüht ist, sich wieder zu sammeln, nachgedacht. Der Part, den wir im Leben spielen, ist kein Anfang, sondern ein Stück aus dessen Mitte. In den *Gedanken* bedrängt Pascal sein Gegenüber, das nicht wetten will: «Sie haben sich doch schon längst darauf eingelassen.» Und dieser harte Spruch verfehlt seine Wirkung bis heute nicht. Bei Auster, ebenso wie bei Pascal und so vielen anderen, setzt das menschliche Denken auf offener See (*Aeneis*), im tiefsten Wald, mitten im Leben (*Die Göttliche Komödie*) ein. Doch dieser Wald und dieses Meer sind der stetige Impuls, der das menschliche Bewußtsein erschüttert, das Bewußtsein eines Menschen, der es verstanden hat, sich mit dem undurchdringlichen Geheimnis in seinem Zimmer einzuschließen: nach Victor Hugo bildet jedes Lebewesen, ohne Unterschied, die Mitte des Abgrunds. Während Daniel Buren erzählt, er habe seinen Keller mit dem Boden aus gestampfter Erde und dem winzigen Fenster im 18. Pariser Arrondissement verlassen, um – wie er es selbst ausdrückte – nicht darin «zu verschimmeln», sondern in den Straßen der Stadt, *in situ*, zu arbeiten, so hat Paul Auster den auf ein Zimmer reduzierten Raum gewählt und läßt ihn auch seine Figuren wählen. In *Schlagschatten* erzählt Black Blue ganz verwundert von Hawthorne, der nach seinem Studium nach Salem zurückgekehrt war: «Er schloß sich in seinem Zimmer ein und kam zwölf Jahre nicht mehr heraus»! Paul Auster lebte selbst ein ganzes Jahr lang in einer *chambre de bonne* in Paris, wo er seine erste Gedichtsammlung verfaßte. Heute verläßt er jeden Morgen die *brownstones* mit ihren aufgesetzten Pfeilern und den auf alt getrimmten Gesimsen von Park Slope und begibt sich in sein «Rattenloch», ein schmuckloses Zimmer, das er zu seinem Büro gemacht hat, wo er von 9 bis 16 Uhr arbeitet, *«six hours a day, five to seven days a week»*. Hinter seinem Stapel großer Clairefontaine-Hefte, die er in Frankreich gekauft hat, und dem spiralförmig aufsteigenden Rauch seiner geliebten Schimmelpennincks – der kleinen holländischen Zigarren, die aus dem Laden der *Brooklyn Cigar Company* stammen –, wähnt er sich wieder in der Pariser *chambre de bonne*: M.'s Vater hatte sich mehrere Monate lang vor den Nazis darin versteckt gehalten, und M. selbst hat durch irgendeinen erstaunlichen Zufall mehr als zwanzig Jahre später selbst darin gewohnt, als er zum Studium nach Paris kam. Das Zimmer ist der Schauplatz wahren menschlichen Dramas. Hölderlin blieb bis zu seinem Tod in der Kammer, die ihm der Bauschreiner Zimmer in einem Tübinger Turm eingerichtet hatte. Pascal meditiert über die Jagd und die Beute, und als er die täuschende Wirkung der Zerstreuungen erkennt, rät er, der Mensch solle sich im Zimmer einschließen. Als abgesetzter König, allein in seinem Zimmer, werde der Mensch «Langeweile, Düsterkeit, Traurigkeit, Kummer, Verdruß, Verzweiflung» erfahren; doch wie es in *Hinter verschlossenen Türen* heißt, ist dies der Preis für das Licht. Nachdem er sich drei Tage lang in seinem Hotelzimmer eingeschlossen hat, kann der Erzähler sich endlich sagen: «Als ich da auf dem Bett lag und die Stäbe der geschlossenen Jalousien betrachtete, begriff ich, daß ich überlebt hatte.»

Das Umherirren an der Grenze

Wenn das Motiv der Landstreicherei auf die Schelmenromane des 16. Jahrhunderts zurückgeht oder auf das, was die Deutschen am Ende des 18. Jahrhunderts Bildungsroman nannten, so ist das Motiv des Umherirrens eines der Hauptelemente der amerikanischen Literatur. Die Figuren der *beat generation* mit ihren unentschlossenen Charakteren, stets hin- und hergerissen, tun nichts anderes, als das unvermeidliche Sinnbild eines Amerika wiederaufzugreifen, das auf dem Begriff der *Grenze* aufgebaut wurde. Die Grenze eines Landes, dessen Bürger dazu verdammt sind, sie immer weiter zu versetzen, und deren Beschreibung Bret Harte, Begründer der sogenannten Westernliteratur, sich später zur Aufgabe machte. Eine Beschreibung mittels sagenhafter Archetypen wie des Berufsspielers, des Kindes,

des Goldgräbers und der *femme fatale*. Paul Auster weist seinen Figuren eine geradezu mythische Aufgabe zu: Sie sollen einen Raum durchmessen, der nichts anderes ist als der Raum der Einsamkeit. So wirkt das Leben wie ein Rätsel, das es zu lösen gilt: das Rätsel vom Totalitarismus im *Land der letzten Dinge*; das Rätsel von der Mauer, die es in der *Musik des Zufalls* zu bauen gilt; das Rätsel vom Vater in *Mond über Manhattan* und in *Smoke*; das Rätsel von der Überwachung in der *New York-Trilogie*; das Rätsel vom Wasser, über das man in *Mr. Vertigo* gehen soll; das Rätsel von einem alten Baseball-Champion, der in *Squeeze Play* seinen Selbstmord als Verbrechen präsentieren will – das Rätsel aller Rätsel.

Ob sie die Vereinigten Staaten durchmessen oder nicht aus Manhattan (manchmal Brooklyn) herauskommen: Austers Helden suchen ihre Identität im ziellosen Durchstreifen der Stadt, der Phantasie oder des Kontinents (wie in *Mond über Manhattan*), oder sie laufen schließlich – wenn sie zu den Extremisten der Askese gehören – in ihren eigenen Köpfen umher: «Ein Körper fängt an, sich zu bewegen. Oder bleibt reglos. Wenn er sich bewegt, beginnt etwas. Wenn er reglos bleibt, beginnt ebenfalls etwas» (*White Spaces*). Nashe, der ehemalige Feuerwehrmann aus *Die Musik des Zufalls*, der alles aufgibt – Frau, Arbeit, Freunde, Pläne, das Leben –, um Amerika am Steuer eines funkelnagelneuen Saab zu durchqueren, versinkt schließlich in heftigster Panik und im Nichts. Was die Protagonisten in *Stadt aus Glas* und *Mond über Manhattan* betrifft, so beendet der eine sein Leben in einer Mülltonne, und der andere wird zum Stadtstreicher im Central Park. Das Umherirren ist eine Suche nach Identität, in deren Verlauf man die Welt wieder aufbaut, indem man auf die Straßen New Yorks das Wort «Babel» schreibt (*Stadt aus Glas*); während derer man seine Identität so lange verändert, bis man die eigene verliert (*Mond über Manhattan*); die dazu dienen soll herauszubekommen, wie man jemand wird (*Mond über Manhattan*). Die schließlich dazu geführt hat, daß der Mensch in einer Nacht des Jahres 1969 wie ein verwirrtes Tier über den Mond gegangen ist: «Die ständige Gegenwart des Mondes in meinen Büchern soll die Tatsache unterstreichen, daß dies die letzte Grenze war, die Amerika zu überschreiten blieb, und daß es da oben leider nicht allzu viel Interessantes zu entdecken gab.»

God in the face

White Spaces – das waren gewiß Gedanken über den Tod, «über Kälte, über den Kältetod», wie Bernard Delvaille schreibt, doch auch über die innere Zerrissenheit der Gottlosen. Viele Personen sind bei Auster sich selbst ausgeliefert, den Geistern des Untergangs und einer Leere, die es zu füllen gilt, und sie haben keine familiären Bindungen … Quinn hat seine Frau und seinen Sohn verloren, Fogg seinen Onkel und seine Frau und seine (sogenannte) «Tochter». Austers Helden irren durch ländliche Gegenden oder gigantische Metropolen, die es wie metaphysische Bilderrätsel zu entschlüsseln gilt, sie irren ins Nirgendwo, ziehen sich zurück – vorzugsweise ins Nichts –, hinterlassen Lücken: Mühelos schlüpft ein Geist durch das seidige Nichts. Wie eine Aufklärungsreise in unser finsterstes Inneres, so ist laut Paul Auster der Roman ein Ort, an dem der Mensch sich selbst zu vernichten sucht. Wenn Gott nicht existiert, so sei alles erlaubt, behauptete Dostojewski. So lautet auch die Herausforderung an die schmerzliche Virtuosität, die Austers Helden innewohnt. In seinen schablonenhaften Gesten ist jener Held äußerst sparsam mit Gefühlen und wird dadurch sich selbst fremd, ja nahezu zu einem Fabelwesen.

Nicht die Tatsachen zählen, sondern lediglich die Art und Weise, wie man sie sieht oder lebt. Im Grunde handelt es sich um eine Form der Selbsterkenntnis, die zu einer Klarsicht bar jeden Exhibitionismus führt. Er drehe sich um sich selbst, sagt Montaigne immer wieder und führt aus, seine melancholische Stimmung, hervorgerufen durch den Kummer der Einsamkeit, habe ihn auf die Idee gebracht, sich ans Schreiben zu machen. Vollkommen frei und allen Unwettern ausgesetzt, von einem schmerzhaften Riß im Inneren durchzogen, ist der Mensch bei Auster auf der packenden Jagd nach sich selbst. Er vermeidet, zu oft zurückzublicken: «Man sieht sich, wie man einmal war, und ist entsetzt.» (*Im Land der letzten Dinge*) Er versucht, sich von der Pflicht zu entbinden, seine Lüge verteidigen zu müssen (*Stadt aus Glas*). Er versucht – um den englischen Titel *Blue in the Face* noch einmal aufzugreifen –, um jeden Preis aus diesem Zustand höchster nervlicher Anspannung herauszukommen. Er umgeht das Gesetz und jagt Kopien der Freiheitsstatue in die Luft (*Leviathan*), weil Glaube für ihn *überhaupt* nichts bedeutet. Wie schon für Montaigne, ist Gott kein Anlaß zu Besorgnis: nichts als ein Wort, ein Konzept – nur etwas für Philosophen. Es gibt nichts darüber zu sagen, doch man kann alles daraus machen. So wird der Mensch von jeglicher metaphysischen Versuchung abgehalten und auf seine wichtigste Aufgabe verwiesen: ein menschliches Leben gemäß menschlichen Voraussetzungen zu führen.

Die Launen des Zufalls

Der Begriff der «objektiven Zufälligkeit», den man mit der Krise, in der die Wissenschaft seit dem Ende des 19. Jahrhunderts steckt, in Verbindung bringen könnte, aber auch mit der von Jung erarbeiteten «Synchronie» als Prinzip der ursachlosen Verkettung, ist laut Breton sowohl bei Engels (Ausdrucksform der Notwendigkeit) als auch bei Freud (die Analyse erlaubt uns, hinter dem Akt, der scheinbar einem Zufall entspringt, einen Wunsch oder eine Absicht zu ent-decken) belegt: «Das Bedürfnis, bestimmte Lebenssitua-tionen gründlich zu hinterfragen, charakterisiert die Tatsa-che, daß diese scheinbar zugleich der reellen wie auch der idealen Abfolge von Ereignissen angehören, daß sie den einzigen Observierungspunkt bilden, der uns innerhalb die-ses gewaltigen geistigen Kriegsgebietes, das die *objektive Zu-fälligkeit* ausmacht, angeboten wird.» In *Nadja* (1928) und dann auch in *Les Vases communicants* (1932) gefiel sich Breton darin, eine Vielfalt zufälliger Übereinstimmungen von Tat-sachen und Zeichen, unerwarteten Begegnungen und Er-eignissen aufzudecken, doch erst in *L'Amour fou* (1937) begründet er systematisch, was eines der wesentlichen Forschungsgebiete des Surrealismus werden sollte. Austers Zufälligkeit ist nicht «objektiv», sie ist eigentlich gar keine, sie existiert nicht, hat eher etwas von «Unerwartetem» und von «Notwendigkeit»: von «Unvorhergesehenem». Sie zeigt die «Zufälligkeit» so auf, wie die Philosophie sie ver-steht, wenn sie die Existenz Gottes durch die Zufälligkeit der Welt beweist. Dieser «falsche, echte, gekappte Zufall» fungiert als notwendige Ursache, als Zwang: «Paul Auster und der Zufall ... ach ja, ich finde das sehr lästig! Es gibt die Notwendigkeit und die Zufälle, und das ganze Leben be-steht nur aus Zufälligkeiten ... Nein, wirklich, diese Vor-stellung vom ‹Zufall› interessiert mich nicht», sagt der Autor selbst.

Fasziniert von den Zwängen – oder ihrem Fehlen – und ihren Auswirkungen, findet der vollkommen freie Held bei Auster – in einem ersten «Stadium» – auf seinem Weg ein Sandkorn im Getriebe (ein Zufall oder Unfall), das ihn zu einer Aufgabe zwingen wird, der er sich nicht entziehen kann. Die Logik stößt auf eine andere Logik. Auster warnt die Leser: Freiheit kann gefährlich sein. Wenn ihr nicht aufpaßt, kann sie euch töten. In *Leviathan* und in *Die Musik des Zufalls* glaubt die Figur, über die das Unheil hereinbricht, sie sei frei, weil sie allein ist, doch in Wirklichkeit ist sie verloren. Der falsche Zufall bei Auster, folglich nun Synonym für Handlungsfreiheit und Freiheit des Traumes – im Gegensatz zu Edgar Allan Poe oder E. T. A. Hoffmann –, ist doppelt so kapriziös wie die Logik, die er unablässig herausfordert. Wie Hänsel und Gretel in Grimms Märchen fallen die beiden verirrten Helden in *Die Musik des Zufalls* einem unglücklichen Schicksal zum Opfer. Zauber und Hexerei sind die Fallen, die der mikroskopische Zufall, der das Schicksal der Personen ins Wanken bringt, aufstellt. In Jean Gionos *Ein König allein* finden wir eine verblüffende Definition des Begriffs Schönheit, die ebenso für den «Zufall» im Sinne Austers gelten könnte: So genügt der Hauch einer Brise, der trügerische Einfall des Abendlichts, das prekäre Gleichgewicht herabhängender Blätter, damit die Schönheit, ist sie erst einmal auf den Kopf gestellt, nichts Verwunderliches mehr hat. Das entspricht auch dem Sinn, den Peter Aaron in *Leviathan* dem schwarzen Büchlein von Sophie-Maria verleiht: «[...] eines Morgens ging sie Filme für ihre Kamera kaufen; dabei sah sie ein kleines schwarzes Notizbuch auf dem Boden liegen und hob es auf. Und mit diesem Ereignis hat die ganze traurige Geschichte angefangen. Maria schlug das Buch auf, und heraus flog der Teufel, eine finstere Wolke von Gewalt, Chaos und Tod.»

Von Erbschaft zu Erbschaft

Eine Erbschaft bringt bei Auster für die Hauptperson immer eine Aufhebung der Routine mit sich: «Geld zu haben heißt nicht nur, kaufen zu können: Es bedeutet auch, außer Reichweite der Realität zu sein.» (*Die Erfindung der Einsamkeit*). Der Glücksfall wird zu einem Schicksalsschlag, der einen unumkehrbaren Prozeß auslöst; nach und nach verschwendet der Betreffende das Erbe und steht anschließend mit leeren Händen da, vielleicht hat er Angst, doch sicherlich die folgende Gewißheit: Die Erbschaft – eine erschreckende Gleichung – hat einer Person das Leben gerettet, die auf der Suche nach dem Dasein ist und die nicht weiß, was sie mit dieser unerwarteten Erleichterung anfangen soll, mit diesem Aufschub, diesem ausgesetzten Fehlen, das letztendlich eine große Lücke hinterläßt, die andere wiederum zu füllen versuchen werden. So ist es zum Beispiel mit dem Verschwinden von Quinn in *Stadt aus Glas*: Er verschwindet aus der Geschichte in ein Zimmer ohne Adresse und schließlich in eine Mülltonne. Doch bevor sich das Schwindelgefühl einstellt, greift das Vermögen, das ein Verstorbener hinterlassen hat, in den Lauf der Geschichte ein. Als sich in *Hinter verschlossenen Türen* der alte Baron das Leben nimmt, erbt Fanshawe seinen Mantel: «Ein langes schwarzes Ding, das mir beinahe bis zu den Knöcheln reicht. Ich sehe darin aus wie ein Spion.» Marco Stanley Fogg steckt gerade in einer Phase finanzieller und moralischer Verzweiflung, die ihn zwingt, seine Wohnung zu verlassen (*Mond über Manhattan*), als sein Onkel, ein erfolgloser Musiker, der jäh an einem Herzinfarkt stirbt, ihm seine Bücher hinterläßt. Jim Nashe (*Die Musik des Zufalls*), Feuerwehrmann und Musikliebhaber, erbt von seinem Vater, den er nie kennengelernt hat, zweihunderttausend Dollar und beschließt, seinem Leben ein Ende zu setzen, sobald das

Geld aufgebraucht ist. Jack Pozzi, Pokerprofi, braucht zehntausend Dollar als Spieleinsatz, um wieder hochzukommen – fast genau die Summe (eigentlich vierzehntausend), die Jim Nashe am Ende seines wochenlangen Umherirrens geblieben ist. Quinn (*Stadt aus Glas*) löst sein Bankkonto – dreihundertneunundvierzig Dollar – auf, bevor er in seine Wohnung in der 107th Street zurückkehrt. Rachid (*Smoke*) findet eine Tasche mit fünftausendachthundertundvierzehn Dollar und gibt sie Auggie als Wiedergutmachung für die Kisten mit kubanischen Zigarren, die er unseligerweise überschwemmt hat. Auggie gibt die Tasche wiederum seiner Ex-Freundin Ruby, die mit dem Geld ihrer möglicherweise gemeinsamen Tochter eine Entziehungskur bezahlen kann, damit sie «vielleicht noch neunzehn wird». Das Geld macht die Runde und rettet. Die Erbschaft verändert das Leben – kann es vollkommen auf den Kopf stellen. Auster selbst erbte im Alter von einunddreißig Jahren, als sein Vater starb, eine bescheidene Summe, die sein Leben in eine ganz andere Bahn lenkte: «Dieses Geld gab mir ein Gefühl von Sicherheit, und zum ersten Mal im Leben hatte ich Zeit zu schreiben, langfristige Projekte zu planen, ohne mich ständig fragen zu müssen, wie ich die nächste Miete bezahlen sollte. Gewissermaßen sind alle Romane, die ich geschrieben habe, dem Geld zu verdanken, das mein Vater mir hinterlassen hat. Es hat mir zwei, drei Jahre gegeben, und das hat genügt, wieder auf die Beine zu kommen. Immer wenn ich zu schreiben beginne, muß ich daran denken.»[*]

[*] Aus Austers Gesprächen mit Larry McCaffery und Sinda Gregory, 1989.

Die Mauer des Schauers

Die Mauer ist traditionell eine schützende Einfriedung: Sie schließt eine Welt ein und verhindert das Eindringen unheilvoller Einflüsse. Mehr als ein Gebiet zu verteidigen, engt sie es jedoch ein. Sie kann aber auch Symbol der Trennung sein. Das galt zumindest für die Weiße Mauer, die einst Ober- und Unterägypten voneinander trennte. Das gilt ebenfalls für die Klagemauer, die die ausgewanderten Brüder von den Daheimgebliebenen trennt. Die Mauer ist bei Auster ein häufig wiederkehrendes Bild. Einer seiner ersten Gedichtbände, der 1976 veröffentlicht wurde, trägt den Titel *Wall Writing* – wörtlich übersetzt, «auf Mauern schreiben». Darin behaut das lyrische Ich Steine, «um die Erde herauszufordern», vergräbt und zertrümmert sie; nachts liest es wie in Blindenschrift die schmerzlichen Einkerbungen «auf der Mauer im Inneren deines Schreies». Paul Auster schrieb auch: «Das ist eine Mauer. Und die Mauer ist der Tod.» Oder: «Denn die Mauer ist ein Wort.» Angesichts dieser wiederholt auftauchenden Mauer ahnt er «die ungeheure Summe der Details» voraus. Die hölderlinsche Mauer erinnerte ihn an Gesetzestafeln, ließ ihn nicht los. So entwirft Auster, als er sich 1976 am Schreiben von Theaterstücken versucht, in *Laurel und Hardy kommen in den Himmel* die Geschichte zweier Männer, die das ganze Stück über eine Mauer bauen, die sich schließlich zwischen ihnen und dem Publikum erhebt! Die letzte Regieanweisung ist bezeichnend: «Sie (Laurel und Hardy) gehen zu dem letzten Stein. Sie heben ihn gemeinsam mit großer Mühe an und nähern sich der Mauer von hinten, für das Publikum unsichtbar. Zu sehen ist nur, daß der letzte Stein in die Lücke geschoben wird. Lange Pause. Inzwischen ist es fast vollständig dunkel; die beiden sprechen hinter der Mauer.» In der *Musik des Zufalls* verlieren die beiden unglücklichen Helden ihre sonderbare Pokerpartie gegen zwei verrückte und perverse Milliardäre. Um ihre Spielschulden zu begleichen, werden sie von ihnen gezwungen, eine Mauer zu bauen, und zwar aus hunderttausend Steinen eines in Irland gekauften Schlosses, das in Einzelteilen auf dem Anwesen der beiden Milliardäre in Pennsylvania gelagert wird. Somit wird das Anwesen zu einer Art Konzentrationslager. Auch das von der neuen autoritären Regierung erlassene Programm für öffentliche Arbeiten im *Land der letzten Dinge* ist nichts anderes als ein «Projekt für eine Marinemauer» ... Die Mauer ist wie die eines Gefängnisses, in die man Kritzeleien ritzt, als wolle man beweisen, daß man lebt, sie schließt Austers Helden ein, der schließlich zugrunde geht. Doch welchen Sinn soll man diesem Einschließen geben, mit dem das Abenteuer von Nashe und Pozzi, das in unermeßlicher Weite begonnen hat, endet? Paul Auster schreibt in *Wall Writing*: «Die Sprache der Mauern oder ein letztes Wort / abgeschnitten / von der sichtbaren Welt.» Auf der starren Mauer läßt sich die Stille oder das Übernatürliche nieder. In einem Gespräch mit Larry McCaffery und Sinda Gregory im Jahre 1989 erklärt Auster: «Am Tag, an dem ich *Die Musik des Zufalls* fertiggeschrieben habe – ein Buch, in dem es um Mauern, um Sklaverei und um Freiheit geht –, ist auch die Berliner Mauer gefallen. Es gibt keine Schlußfolgerung, die man daraus ziehen könnte, doch jedesmal, wenn ich daran denke, läuft mir ein Schauer über den Rücken.»

Das Geld des Schriftstellers

Das Geld ist eines der Hauptthemen im Werk Paul Austers. Es gibt keinen Roman, in dem sein Besitz, die Suche danach oder sein Fehlen nicht in irgendeiner Weise den Verlauf der Geschichte verändern würde. Im *Land der letzten Dinge* holt Anna aus Isabelles Versteck eine Beute hervor, die sie an Auferstehungsagenten verkauft, und so gewinnt sie für «fünf oder sechs Monate» finanzielle Sicherheit. In der *Musik des Zufalls* kann Nashe dank der zweihunderttausend Dollar, die ihm sein Vater hinterlassen hat – einer für ihn fast unvorstellbaren Summe –, ein Jahr lang durch Amerika reisen. Aufmerksame Zuschauer werden sich sicherlich an eine der ersten Szenen in *Smoke* erinnern, in der Rachid vor Pauls Bücherschrank auf einen Stuhl klettert und eine braune Papiertüte hinter den Büchern auf einem der oberen Regale verschwinden läßt: Die Tüte enthält Geld, das während des gesamten Films immer weitergereicht wird.

Ein anderes zentrales Thema ist das der Autobiographie: Realität, die mit Fiktion Hand in Hand geht. So zum Beispiel der Umzug Paul Austers und seiner ersten Frau, Lydia, in ein Haus im Tal des Hudson-River, von dem in *Von der Hand in den Mund* erzählt wird und der ihm auch den Hauptstoff für das zweite Kapitel in *Leviathan* liefert – «Nach zwei Monaten Suche fanden wir ein preiswertes Haus in Dutchess Country», erzählt Peter Aaron und fährt fort: «Jetzt war ich nur noch aufs Geldverdienen aus und verbrachte das ganze nächste Jahr in einem Zustand permanenter Panik.»

Unter all den Büchern von Paul Auster geht eines direkt auf seine Beziehung zum Geld ein: *Von der Hand in den Mund.* Als spannende Mischform streift dieser von einem reichhaltigen Anhang begleitete Essay die Psychoanalyse. Das Geld, das auf ethischer Ebene jegliche Begierde und das daraus resultierende Unglück verkörpert, wird hier als Grundsatzfrage analysiert, die in Paul Austers Werk an das Motiv des *homeless*, der Erbschaft, der Kindheit und der Eltern, der Arbeit und des Schreibens, des Wohnortwechsels, des Zimmers und einiger mehr geknüpft werden muß. *Von der Hand in den Mund* – was soviel bedeutet wie: «Die Hand, die Arbeit der Hand kann den Mund nähren, kann dem Mund zu essen geben» – bedeutet zugleich «in den Tag hinein» und «komme was da wolle», und könnte ebensogut *Die Verdrängung* heißen, die Freud folgendermaßen definiert: unbewußter Abwehrmechanismus, durch den das «Ich» einen Trieb zurückdrängt, einen Gedanken, der den Anforderungen des «Über-Ich» widerspricht. Im Grunde also etwas, was sich irgendwo zwischen Vergessen und Verleugnen bewegt. Wenn man sich daher weigert, ein Problem zu erkennen, und seine Lösung immer wieder aufschiebt, so wird man früher oder später mit dem Kopf gegen die Mauer rennen, die man in einem Teil seines Lebens sorgfältig errichtet hat: «Mein Verhältnis zum Geld war schon immer schlecht gewesen, rätselhaft und voller Widersprüche, und jetzt zahlte ich den Preis für meine Weigerung, diesbezüglich einen klaren Standpunkt zu beziehen.»

In *Von der Hand in den Mund* wimmelt es von wertvollen Informationen, und es gelangt einiges ans Tageslicht. Im ersten Teil, in dem gewissermaßen das in der *Erfindung der Einsamkeit* begonnene Geständnis fortgeführt wird, gibt uns Paul Auster die Möglichkeit, ihm auf den Pfaden von Wahrheit und Lüge zu folgen. So erfahren wir, daß er Kellner in einem Ferienlager war, daß er in einem Elektrowarenhandel und als Gärtner gearbeitet hat, daß er eine Rede Jean Genets über die *Black Panthers* simultan gedolmetscht, daß er die letzte Version von *Cockpit* von Jerzy Kosinski korrigiert und die englische Übersetzung von *Quetzalcoatl* angefertigt hat, einem mexikanischen Theaterstück, das die Frau eines Filmproduzenten geschrieben hatte ... Auch hier dringt Auster mit seinen Anekdoten, mit seinen ausführlichen Berichten, mit einem Querschnitt durch die Chronologie der Ereignisse zum Kern dessen vor, mit dem für ihn alles steht und fällt: «Das Geld ist selbstverständlich nie einfach nur Geld. Es ist immer noch etwas anderes, und es ist immer etwas Zusätzliches, und es hat immer das letzte Wort.» Wenn wir in diesen Seiten blättern, stoßen wir auf einige schöne, bewegende Augenblicke: Wenn er etwa von der Geburt seines Sohnes erzählt, als er begriff, daß er «von einem Daseinszustand in einen anderen übergegangen» war, oder davon, wie er im Alter von zehn Jahren «in die innere Emigration» ging und das Haus der Eltern «wie ein Exil» empfand; oder aber wenn er den Beginn seines Verhältnisses zum Geld festsetzt: «Mein Vater war geizig, meine Mutter verschwenderisch.»

Der zweite Teil des Buches umfaßt drei Einakter aus dem Jahre 1978, einem der schwierigsten Jahre im Leben Paul Austers («Alles lief schief. Ich hatte kein Geld, meine Ehe begann zu bröckeln.»): *Laurel und Hardy kommen in den Himmel*, das später in der *Musik des Zufalls* wieder aufgegriffen wird, *Blackouts*, das Grundgerüst für *Schlagschatten*, und schließlich *Versteckspiel*, aus dem einige Sätze im *Land der letzten Dinge* wieder auftauchen. Paul Auster legt in diesen Stücken einen seltsamen Humor an den Tag, der an Beckett erinnert, und ebnet mit ihnen seinen Weg in die Prosa. Einige Jahre später verfaßt er *White Spaces* und schreibt in seinem Zimmer in der Varick Street Nr. 6 *Die Erfindung der Einsamkeit.*

Action Baseball ist ein Kartenspiel, das Paul Auster erfand, als er keinen Pfennig in der Tasche hatte: «Ich war in einer verzweifelten Lage, ich stand mit dem Rücken zur Wand, und ich wußte, wenn ich nicht schnell etwas unternähme, würde mich das Erschießungskommando mit Blei vollpumpen.» Das Spiel (in der deutschen Ausgabe farbig abgedruckt), fand keine Käufer, Auster schließt daraus scharfsinnig: «Wer Narren traut, narrt am Ende nur sich selbst.» An dieser Stelle sollten die zahlreichen Anspielungen auf den Baseball in seinem Werk nicht unerwähnt bleiben. Der genesende Sachs schaut im Fernsehen Baseball

(*Leviathan*), Fanshawe erinnert sich gerührt an seinen Base-
ballhandschuh und an seinen Ball (*Hinter verschlossenen
Türen*), Quinn überfliegt nach dem Aufwachen die Zeitung
auf der Suche nach dem Ergebnis eines Matches (*Stadt aus
Glas*), Pozzi setzt sich vor den Fernseher im *Plaza Hotel* und
vertieft sich ins Spiel (*Die Musik des Zufalls*) etc. Mehr als
vierhundert Anspielungen auf Baseball sind im Werk des
Autors zu entdecken, der seiner Mannschaft, den «Mets»,
und dem «Shea Stadium» in Queens treu geblieben ist.

Squeeze play, das vierte Element des Puzzles *Von der Hand
in den Mund*, ist übrigens das Entscheidungsspiel im Baseball, denn die Hauptfigur, George Chapman, ist ein ehe-
maliger Baseballstar, der «alles erreicht hatte, was ein Base-
ballspieler erreichen kann: einen Batting Average von 0,348,
vierundvierzig *Homeruns*, hundertsiebenunddreißig Runs,
außerdem war ihm der Goldene Handschuh für seine
Leistungen am Third Base verliehen worden» ... Unnötig
hinzuzufügen, daß man nicht mit allen Kniffen des Baseball
vertraut sein muß, um sich von der Untersuchung des kaf-
kaesken Privatdetektivs Mr. Klein mitreißen zu lassen, der
in einem alten Haus am West Broadway sein jämmerliches
Dasein fristet. Als am Boden zerstörter Weltenbürger bringt
er bereits alles mit, was später den Antihelden bei Auster
ausmacht. Paul Auster schrieb diesen Text im Sommer 1978,
nach einer Nacht, in der er «gegen die Schlaflosigkeit ange-
kämpft hatte». Vier Jahre später wird er unter dem Pseudonym Paul Benjamin (so heißt der Schriftsteller in *Smoke ...*)
veröffentlicht, doch erst 1996 wird er in Frankreich groß
herausgebracht, als erste Ausgabe weltweit (und 1997 in den
Vereinigten Staaten). Dieses Buch ist eine gut geölte, intel-
ligente Maschine, die man auf einen Schlag mit Freude und
voller Staunen entdeckt und die – so, wie es sein sollte –
Lust auf weitere Romane von Auster macht. Angesichts des
Gesamtwerkes, das nunmehr etwa zwanzig Titel zählt, ver-

weist er uns auf die ersten Sätze in *Von der Hand in den Mund*. Paul Auster hat recht: Man wird nicht Schriftsteller, wie man Arzt oder Polizist wird. Es handelt sich nicht um eine Entscheidung: «Man sucht sich das nicht aus, eher wird man ausgesucht.» Was das Werk angeht, so bleibt sein Verhältnis zu Geld, wenn nicht gegenstandslos, dann doch zumindest rätselhaft. Man schreibe keine Bücher, um Geld zu verdienen, sagt Paul Auster.

New York Confidential

Die Macht amerikanischer Vorstellungskraft gründet sich in dem Talent, das jenem geschenkt wird, der es sich zu eigen machen kann. Bret Harte, Begründer der sogenannten Westernliteratur, sah in Amerika nichts weiter als ein riesiges, von Farmern besiedeltes Kalifornien! Alexis de Tocqueville suchte in Amerika mehr als Amerika, nämlich ein Bild der Demokratie an sich. John Steinbeck machte aus Amerika eine Fortsetzung seines Werkes: eine nostalgische, entzauberte Landschaft. Amerika ist im Grunde eine gigantische Herberge: Jeder bringt sich selbst mit ein. New York, das «wie eine Zauberin an der großen Pforte des Landes kauert» (James Weldon Johnson), bildet da keine Ausnahme. Henry James, Dashiell Hammett und F. Scott Fitzgerald lassen uns an ihrer Sicht von New York teilhaben, einer Stadt, die mit ihrem Leben und seinen alltäglichen Banalitäten eng verbunden ist. «Ich liebe New York sehr», sagt Paul Auster. «Es ist Quell für Inspiration und Gedanken. New York ist eine ungemütliche, stimulierende Stadt, die so eng zu meinem Leben gehört, daß ich mir nur schwer vorstellen kann, woanders zu sein.»

Zunächst einmal die Kindheit: Paul Auster hat sie nicht

in New York verbracht. Er wurde in New Jersey geboren und wuchs in der Gegend um Newark, etwa dreißig Kilometer südwestlich von New York, auf: erst in East Orange, dann in Maplewood. Er entdeckt New York mit etwa fünf Jahren, vom Fenster der Wohnung seiner Großeltern aus: «Jedesmal, wenn ich das Wort ‹New York› höre, kommt mir als erstes eine Erinnerung in den Sinn. Ich sehe aus dem Fenster der Wohnung meiner Großeltern, an der Ecke South Central Park und Columbus Circle. Das Fenster ist geöffnet und ich sitze da, einen Penny in der Hand, den ich gleich hinunterwerfen werde, um zu sehen, wie er auf die Straße fällt. Zu der Zeit war ich sicher nicht älter als fünf oder sechs Jahre. In dem Augenblick, in dem ich meine Hand öffnen und den Penny aus dem Fenster werfen will, dreht sich meine Großmutter zu mir um und schreit: Tu das nicht! Wenn der Penny jemanden trifft, durchschlägt er sofort seinen Kopf!» Dieses «unförmige» Gebäude hat übrigens auch eine Geschichte: Saint-Exupéry wohnte während des Krieges darin und schrieb dort *Der kleine Prinz*. Das New York Paul Austers beginnt also mit Reisen in die Kindheit, in ein Viertel südlich des Central Park, zwischen Broadway und der 5th Avenue: ein Viertel des Luxus und des Geldes, das Schaufenster eines reichen und selbstbewußten Amerika, dessen Symbol auch heute noch das *Plaza Hotel* ist, mit seinen achthundert Zimmern, die sich hinter einer Fassade im Renaissancestil verbergen. Nashe und Pozzi, die unglücklichen Helden aus der *Musik des Zufalls*, machen dort eine letzte Rast, halten sich in der *Oyster Bar* auf, bevor sie alles verlieren. Paul Auster selbst verbrachte – zum Spaß und als Herausforderung – seine Hochzeitsnacht dort: «In einem Luxushotel abzusteigen ist ein bißchen, als spielte man Tourist in der eigenen Stadt.»

Kenner des Autors der *New York-Trilogie* wissen, daß der Luxus des Theater District und des Upper Midtown nicht zu Austers Welt gehört. Paul Austers New York ist anderswo zu suchen. Im Nordwesten von New York: zwischen dem Hudson River und West Central Park, und weiter oben noch, Richtung Morningside Heights, wo die Columbia University thront. Dort studierte Paul Auster von 1965 bis 1970. Westlich dieses imposanten Baus liegt der Hudson River mit seinen Schleppkähnen, die stromaufwärts und stromabwärts fahren, mit seinen Segelschiffen und seinen Möwen, die große Kreise beschreiben, und der daran erinnert, daß New York eine von Wasser umgebene Stadt ist. Im Osten ziehen sich das Unkraut des Morningside Park und die karg bewachsenen Felsen bis nach Harlem hinunter. Zur Columbia University zählen heute etwa sechzig Gebäude, zu den Hauptgebäuden gehören immer noch die Low Library, die Butler Library, The School of Journalism und die Saint Paul's Chapel. Paul Auster hat an diese schwierigen, entscheidenden Jahre keine gute Erinnerung behalten. Wir finden in seinem Werk hier und da Andeutungen: die Büste Lorenzo Da Pontes, die in der «lobby» der Casa Italiana aufgestellt wurde, Dodge Hall, die Bibliothek, in der er arbeitete, die Straßen, in denen er lebte (West 107th, 115th, 120th Street), und schließlich das *Moon Palace* an der Ecke Amsterdam Avenue und 120th Avenue, das es heute nicht mehr gibt.

Paul Austers New York ist nicht das der Touristen. Es ist ein New York, das man nicht erwartet. Zuweilen ist es banal. Es hat nichts Extravagantes. Es ist das New York, das von einem Leben durchquert wird: «In New York habe ich wohl in gut zwanzig Wohnungen und Häusern gelebt.» Es ist also einzigartig und kann gewissermaßen nur Paul Auster «betreffen». Sicher, es findet sich in seinem Werk, doch es steht nicht im Mittelpunkt. New York ist wie das Nirgendwo, das Auster um sich selbst herum errichtet hat. Paul Auster liebt es, zu Fuß zu gehen, und läßt auch gern seine Romanfiguren laufen. Quinns Wanderung in der *New York-Trilogie* beträgt mindestens dreißig Kilometer! Wie Rousseau, der einsame Spaziergänger, wie Charles Reznikoff, der Dichter, dessen Art, «mit offenen Augen durch die Stadt zu gehen» er rühmt, so erhebt Paul Auster den Spaziergang zu wahrer Kunst: «Bei unserem Gang durch die Stadt tun wir im Grunde nichts anderes als denken.» Und: «Das Motiv des Spazierengehens ist nicht der Literatur, sondern meinem Leben entsprungen.» Gehen ist mit Sicherheit die beste Art, sich in Paul Austers New York fortzubewegen, einer Stadt, die lange Zeit Sinnbild der Zukunft war, und nun langsam zu einer Stadt der Vergangenheit wird, vergänglich, verwundbar, im Verfall begriffen.

Die Varick Street Nr. 6, im Herzen von TriBeCa, ist eine wichtige Adresse für jeden, der Paul Austers Welt entdecken möchte. Im Jahr 1979, einem Jahr völliger Mittellosigkeit, schreibt er hier *Die Erfindung der Einsamkeit*: «Es war schrecklich. Das totale Elend.» Von der Columbia University führen zwei lange, leidvolle, doch aufregende Wege zur Varick Street Nr. 6. Der erste Weg entspricht dem alten indianischen Pfad des Broadway und geht durch den Westen: vorbei am Lincoln Center, dem Empire State Building, am *Chelsea Hotel*, wo der Bandleader der Sex Pistols an einer Überdosis starb, an der *White Horse Tavern*, wo Auster an den Hundstagen der New Yorker Sommer seinen Durst stillte, und schließlich zum Eckhaus an der Varick Street. Der zweite Weg öffnet eine Schneise gen Osten. Dieses New York – «New York ist eine Stadt, die von einer Straße zur nächsten ihr Gesicht vollkommen verändern kann» – unterscheidet sich stark von dem vorhergehenden. Dieser Weg führt durch den Central Park, dessen dreihundertfünfzig Hektar den Nährboden für Leben und Tod, für Veränderung und Wiedergeburt bilden. Austers Figuren verlieren sich niemals darin, sondern finden sich hier wieder: «In einem Park kann man herausfinden, was in einem vorgeht.»

Traditionell wird die geschwungene, rokokohafte, malerische und abwechslungsreiche Landschaft des berühmten Parks als ein friedlicher Hafen dargestellt. Paul Austers Central Park ist – ohne feindselig zu wirken – weder friedlich noch nostalgisch. Den Wasser- und Grünflächen, den Brunnen, den Vogelreservaten, den Rollschuhpisten und Joggingpfaden stellt Auster die zerbrochene Welt der *homeless* gegenüber, der Obdachlosen und Clochards, «die ihr Hab und Gut von einem Ort zum anderen tragen, die ständig umherziehen, als ob der Ort, an dem sie sich befinden, überhaupt noch von Bedeutung wäre». Den Park zu verlassen, die Grenze zu überschreiten, die seine Mauer darstellt, heißt, sich in einem anderen Raum wiederzufinden, eine andere Dimension zu erfahren. Henry James bemerkte schon, wie seltsam es ist, von dieser Natur mit den ausladenden und schönen Formen in die Strenge der Straßen New Yorks zurückzukehren. Verläßt man den Park auf der Ostseite (auf der Seite der 5th Avenue), entdeckt man andere, ausgesprochen typische Orte für Auster: das Gebäude an der 65th Street (er arbeitete hier bei einem Buchliebhaber); die Buchhandlung *Books & Co*; der Grand Central, ein mystischer Ort in der *New York-Trilogie*, wo Quinn durch den Bahnhof ging, «als befände er sich im Körper von Paul Auster».

Die quadratische Aufteilung von Manhattan hat offenbar vor seinem südlichsten Teil haltgemacht. Ein Wirrwarr aus Straßen, das hinter dem Wald aus Wolkenkratzern von Lower Manhattan in das Wasser des Battery Park taucht. Dieses New York ist in doppelter Hinsicht das von Paul Auster: Es reicht bis in seine tiefste Kindheit zurück, ja, sogar noch weiter, bis zu den Geheimnissen seines Familienstammbaums. Paul Austers Großeltern mütterlicherseits stammen ursprünglich aus Polen; die Großeltern väterlicherseits aus Mitteleuropa, aus Stanislav in Galizien. Abgesehen vom

Großvater mütterlicherseits, einem polnischen Juden, der mit vier Jahren nach Toronto kam, sind alle über Ellis Island eingewandet. Man kann nicht von Paul Austers New York sprechen, ohne die siebzehn Millionen Immigranten zu erwähnen, die zwischen 1892 und 1954 den Verteiler der «Insel der Tränen» passierten: «Unter den Einwanderern, die in die Vereinigten Staaten kamen, herrschte der Wunsch vor, tabula rasa zu machen», erinnert sich Auster.

Wenn es ein Bild gibt, das eng mit dem Amerika der Immigranten verbunden ist, so ist es das der Freiheitsstatue. Als er fünf Jahre alt war, fuhr Paul Auster mit seiner Mutter hin. Seitdem war er nie wieder dort. Die Erinnerung, die er daran behalten hat, hat nicht im geringsten mit der Symbolik zu tun, die für gewöhnlich mit der Statue in Verbindung gebracht wird: «Ich erinnere mich hauptsächlich daran, daß ich die Treppe Stufe um Stufe auf dem Hosenboden heruntergerutscht bin; und daß meiner Mutter plötzlich schwindelig geworden war.»

Das New York von Paul Auster hat zwei Gesichter: auf der einen Seite Manhattan, die Stadt der Kindheit, des Studiums an der Columbia University und der Varick Street Nr. 6; auf der anderen Seite Brooklyn, die multikulturelle Stadt, wo Westinder und Russen, Juden und Italiener, Araber und Haitianer Seite an Seite leben. Paul Auster und seine Frau, die Schriftstellerin Siri Hustvedt, leben seit 1980 in Brooklyn. Von Manhattan nach Brooklyn gelangt man seit 1883 über die berühmte Hängebrücke, die die Fähren ersetzte und den reichen New Yorkern erlaubte, schnell ihre Zweitwohnsitze in Brooklyn zu erreichen. Die Brücke verbindet und stellt zugleich eine Trennlinie dar: Sie kennzeichnet einen Übergang. Den East River über eine 1091 Meter lange Fahrbahn aus verzinktem Stahl zu überqueren kommt einem Initiationsritus gleich. Nichts ist bezeichnender für Auster als diese nostalgische Brücke: «Über diese Brücke von Manhattan nach Brooklyn zu fahren ist, als würde man in eine andere Welt vordringen. Jedesmal, wenn ich darüber fahre, fühle ich mich glücklich.» Brooklyn ist eine Stadt, die sich ausdehnt, in die Länge streckt, die wie ein Ölfleck aussieht. In dem Maße, in dem Manhattan in die Höhe ragt, in dem Maße ist Brooklyn flach, als läge es auf dem Bauch. Aus dieser vielseitigen Stadt – die, wäre sie von New York unabhängig, eine der am dichtesten bevölkerten Städte der Vereinigten Staaten sein würde –, heben sich zwei Bereiche hervor, die mit der Person Paul Auster eng verbunden sind. Der erste ist der seines Werkes: Der Vergangenheit verbunden, versetzt er die Handlung von *Schlagschatten* nach Brooklyn Heights, einem alten, gut erhaltenen Viertel, in dem noch einige der ältesten Stein- und Holzhäuser New Yorks stehen. Weiter geht es zu Fuß am Flußufer entlang, von dem aus man einen wunderschönen Blick auf Manhattan hat, der im Film *Smoke* zu sehen ist. Den zweiten Bereich bilden die Orte, an denen Auster gewohnt hat, seit er in Brooklyn lebt, insbesondere das Viertel von Park Slope in der Nähe des grünenden Prospect Park; mit seinen viktorianischen, von Türmen und Türmchen der Jahrhundertwende verzierten Häusern, mit ihren neoromanischen Eingangshallen, barokken Wasserspeiern, mit ihren Freitreppen, die an venezianische Paläste erinnern … Die Stille dieses altmodischen Brooklyn bildet einen merkwürdigen Kontrast zu dem schrillen Manhattan. In Brooklyn besitzt Paul Auster ein Atelier, ein Zimmer «hinter verschlossenen Türen», im Erdgeschoß eines modernen Gebäudes mit stets heruntergelassenen Metalljalousien, und dort führt er sein Werk fort – abgeschnitten vom Rest der Welt durch eine ebenso lärmende wie unwirksame Klimaanlage. An diesem Ort ist «das Haus ein Notizbuch für Worte».

New York,
Oktober 1995

«Dieses Gefühl, daß das Leben zerbrechlich ist,
verfolgt mich unentwegt»

In Ihren Büchern kommen viele Schriftsteller vor. Leviathan *stellt gleich zwei einander gegenüber: den, der glaubt (Peter Aaron) – «Das Leben, das Sie sich ausgedacht haben, wird wichtiger als Ihr eigenes» – und den, der nicht mehr glaubt (Benjamin Sachs) – «Geschichten zu erfinden sei Betrug, und damit war das Thema Romane für ihn beendet». Schafft die Stellung als Schriftsteller einen bevorzugten Beobachtungsstand?*

Nein, überhaupt nicht. Der Schriftsteller hegt täglich Zweifel an dem, was er macht. An manchen Tagen erscheint mir dieses Leben, das man neben dem gewöhnlichen Leben führt, als wenn es parallel zur Welt, zu den Dingen, zu den historischen Begebenheiten, zu der Gesellschaft in ihrer Gesamtheit, laufen würde, dermaßen seltsam ... In diesem Buch überdenken Benjamin Sachs und Peter Aaron lediglich, jeder auf seine Weise, meine eigenen Fragen. Der Schriftsteller empfindet eine Art Frustration und ein Bedürfnis nach Treue, nach Aufrichtigkeit – Treue dem gegenüber, was er macht, und seinen Entscheidungen, die er beizubehalten versucht ... Es ist eine Frage, auf die es keine Antwort gibt ... Die größte Gefahr für den Schriftsteller ist, mit seiner Arbeit und mit seiner Stellung in der Welt allzu sehr zufrieden zu sein. Um vorwärts zu kommen, um weiterzukommen – und das erhofft sich jeder Schriftsteller –, muß man kämpfen. Unglück ist notwendig: Wenn es nicht da wäre, würde man sich nicht so viele Fragen stellen! Benjamin Sachs und Peter Aaron sind die beiden Seiten ein und derselben Medaille.

Benjamin Sachs sagt: «Jetzt muß ich in die reale Welt hinaus und etwas tun.» Kann der Schriftsteller sein Zimmer verlassen? Kann er ungestraft eine andere Rolle annehmen?

Es ist nicht schwer, Beispiele für hervorragende Schriftsteller zu finden, die es vermocht haben, ihr Zimmer zu verlassen. William Carlos Williams, der große amerikanische Dichter, hat als Allgemein- und Kinderarzt Hunderten von Kindern auf die Welt geholfen. Wallace Stevens arbeitete als Rechtsanwalt bei einer Versicherungsgesellschaft. Noch interessanter: Sir Walter Raleigh ... Dieser Mann hat alles mögliche gemacht! Als einer der größten Dichter des elisabethanischen Zeitalters war er Philosoph, Forscher, Soldat, Höfling, Wissenschaftler und Prosaschriftsteller. Einige zeitgenössische Autoren haben mit wechselndem Erfolg in der Politik mitgemischt. Frankreich hat Jean-Paul Sartre als gutes Beispiel für einen «engagierten» Schriftsteller. Ich habe absolut nichts gegen all das, mir fällt es lediglich schwer, in der öffentlichen Arena zu stehen und zugleich das, was ich mache, weiterzumachen. Von Zeit zu Zeit verlasse ich mein «Zimmer»; für Einzelaktionen: Ich habe, wie jeder von uns, ein Gewissen und Überzeugungen ... Aber dann greife ich ausschließlich als Bürger ein und nicht als Schriftsteller. Ich denke da an das Drama um Salman Rushdie. Ich habe für die *New York Times* einen Artikel geschrieben und an der Ausarbeitung eines Flugblatts mitgearbeitet, das tausendfach in New Yorker Buchhandlungen verteilt wurde. Dieses Jahr habe ich einmal abends an einer Veranstaltung zum tausendsten Tag des Widerstandes von Sarajevo mitgemacht, und ich habe zusammen mit fünf anderen weißen und schwarzen Schriftstellern eine Pressekonferenz für die Verteidigung von Mumia Abu-Jamal veranstaltet. Ich bin kein Politiker. Aber wenn man von etwas tief berührt wird, ist es unmöglich, nicht zu handeln.

In Leviathan *wird man Zeuge eines verblüffenden Rennens zwischen dem Schriftsteller Peter Aaron und dem FBI. In* Stadt aus Glas *wird der Krimiautor Quinn aufgrund eines Irrtums zum Detektiv Paul Auster ... Ist ein Schriftsteller auch ein Detektiv? Sind die beiden Rollen austauschbar?*

Die beiden Berufe haben einiges gemeinsam. Es bestehen Ähnlichkeiten zwischen beiden Tätigkeiten – dem Schreiben und der Beschattung. Jeder sucht eine Wahrheit, die sich oftmals hinter den Dingen verbirgt und die schwer greifbar ist. Der Schriftsteller muß ebenso wie der Detektiv durch den Schein dringen. Deswegen sind Kriminalromane packend: Das Aufdecken einer Wahrheit wiederholt, verdoppelt das Tun des Schriftstellers.

In Schlagschatten *beauftragt White Blue damit, Black zu beschatten ... In Ihren Büchern kommt es oft vor, daß Figuren andere verfolgen ... Ist das Leben eine «höllische Verfolgung», ein «gnadenloses Beschatten»?*

Ich weiß nicht. *(Lachen.)* Wirklich nicht ... Die Frage nach den Motiven, den Wiederholungen oder den Verfolgungen entzieht sich meinem Verständnis ... Ehrlich, verstünde ich all diese Mysterien, verspürte ich nicht mehr das Bedürfnis, sie niederzuschreiben. Ich bin besessen von dem, was ich nicht kenne. Diese Fragestellungen sind der Rohstoff für meine Arbeit.

Haben Sie schon einmal jemanden verfolgt?

... *(Zögern.)* ... Nein ...

Wurden Sie schon einmal verfolgt?

... Nein ... Ich glaube nicht. *(Lachen.)*

Viele Ihrer Protagonisten verschwinden, nehmen eine andere Iden-
tität an. In Stadt aus Glas *verschwindet der Mann, den der De-*
tektiv Quinn zu verfolgen meint, und zum Schluß verflüchtigt sich
auch der Detektiv selbst. In Hinter verschlossenen Türen
nimmt der Erzähler den Platz seines Freundes Fanshawe ein, den
man verschwunden glaubt: Er heiratet dessen Frau, adoptiert des-
sen Sohn, veröffentlicht dessen Manuskripte und stürzt sich in die
Überarbeitung seiner Biographie ... Bedeutet Leben zugleich Ver-
schwinden?

Das läßt sich schwer beantworten ... Tatsachen, Ideen, Geschichten bemächtigen sich meiner, und ich gebe mich damit zufrieden, ihnen zu folgen, ohne sie wirklich zu verstehen ... Nein, ich verstehe sie nicht ...

In Schlagschatten *verkleidet sich Blue, der an seinem Fenster*
Henry David Thoreau liest, als Stadtstreicher, um sein Opfer, das
ihn für Walt Whitman hält, besser zu täuschen. Verkleidet man sich
immer? Sind wir immer geteilte Doppelgänger? Besteht jeder
Mensch aus einer Vielzahl von Teilen und sendet den anderen im-
mer sein umgekehrtes Spiegelbild? Führt man den anderen stets in
die Irre?

Der Ursprung des Ganzen liegt noch tiefer. Man spricht immer vom Charakter des Menschen, als wäre er stets gleich-
bleibend, auf immer fixiert. Ich meine, daß eine Persönlich-
keit – ich spreche jetzt vom Leben, nicht mehr von Büchern
– aus unendlich vielen Facetten besteht, aus einem sehr
breiten Farbspektrum. Der Mensch birgt verschiedene Fä-
higkeiten in sich. Untersuchen wir einen Menschen sehr
aufmerksam, so ist er von zahlreichen Ideen, Meinungen,
Handlungen und Reaktionen bewohnt, die einander wider-

sprechen. Dasselbe Ereignis, das mir am Vorabend noch tragisch vorkam, weist heute höchst komische Züge auf und
erscheint mir am nächsten Tag als etwas absolut Neutrales,
Belangloses: Es läßt mich kalt. Zu erkennen, daß wir uns
ständig verändern, daß eine Art Kontinuum, Gefühls- und
Gedankenfluß uns antreibt, darin liegt vielleicht die Wurzel
all dieser – zweifach, dreifach – gespaltenen Persönlichkei-
ten, die sich durch meine Bücher ziehen. Die Tatsache, die
Widersprüche in uns zu erkennen, sie zu akzeptieren und zu
ergründen, führt uns auf ganz sonderbare Wege. Die beste
Definition für den Unterschied zwischen Komödie und Tragödie liefert Mel Brooks. Er sagt, komisch sei, auf einer Ba-
nanenschale auszurutschen und sich das Bein zu brechen.
Tragisch sei, sich in den Finger zu schneiden. Läßt das nicht
tief blicken?

Der, der schreibt, und der, der lebt – sind sie ein und dieselbe Per-
son?

Sicher! Ich glaube aber, daß ich den, der lebt, besser verstehe als den, der schreibt … Ich bin immer wieder über
meine Einfälle erstaunt, ja überrascht. Jeder Schriftsteller
empfindet das wohl so: Es ist, als ergreife eine Kraft, eine
beinahe fremde Kraft, Besitz von einem. Aber auch da ist es
so, daß ich nicht begreife, wer mich berührt und erschüttert.
Würde man alle Antworten kennen, warum sollte man sich
dann auf dieses lange Abenteuer einlassen, diese unendliche Reise, die jedes Buch aufs neue darstellt? Man findet jeden Tag Antworten; jeden Tag entdeckt man Abgründe …

Woher kommt die Kraft zu schreiben? Sie haben erklärt, Mr. Ver-
tigo «von Gott in die Feder diktiert bekommen» zu haben …

Ja, den Eindruck hatte ich ... Aber es ist eher eine Redens-
art ... Ich hatte in der Tat den Eindruck, daß das Buch bereits existierte und ich Walts Stimme hören konnte. Walt hat
das Buch geschrieben; ich war lediglich sein Schreiber.

Ist der Schriftsteller ein isolierter Mensch? Ein einsamer Mensch?
Spielt sich das wahre Leben im Inneren ab, ist daher notgedrungen
voller Einsamkeit?

Das ist eine Frage, die mich sehr beschäftigt. Ich glaube
trotz allem, daß jeder Mensch die ganze Zeit allein ist. Man
lebt allein. Die anderen umgeben uns, aber man lebt allein.
Es ist, als wäre jeder in seinem Kopf eingeschlossen, und
dennoch sind wir, was wir sind, nur dank der anderen. Die
anderen «bewohnen» uns. Der Begriff die «anderen» umfaßt das kulturelle Umfeld, die Familie, die Freunde usw.
Manchmal schafft man es, das Mysterium des anderen zu ergründen, zu durchdringen, aber das kommt äußerst selten
vor. Es ist vor allem die Liebe, die eine solche Begegnung
möglich macht. Vor etwa einem Jahr habe ich ein altes Heft
aus meiner Schulzeit wiedergefunden. Ich machte mir darin
Notizen, hielt Gedanken fest. Ein Zitat hat mich besonders
aufgewühlt: «Die Welt ist in meinem Kopf. Mein Körper ist
in der Welt.» Ich war neunzehn Jahre alt, und das ist auch
heute noch meine Philosophie. Meine Bücher sind nichts
anderes als die Weiterentwicklung dieser Feststellung.

Man gewinnt den Eindruck, daß Einsamkeit für Sie nichts Nega-
tives beinhaltet ... Gibt es keine schädliche Einsamkeit?

Einsamkeit ist nichts Negatives, sie ist eine Tatsache. Sie ist
die Wahrheit, um die unser Leben kreist, sie ist genau das,
und sonst nichts: Man ist allein. In der englischen Sprache
gibt es zwei Ausdrücke für Einsamkeit: Es gibt *solitude*, aber

auch *loneliness*. *Loneliness* umschreibt ein Gefühl der Verlassenheit. Es bedeutet: Ich will nicht allein sein, ich fühle die Bürde der Einsamkeit, ich will mit den anderen zusammen sein. *Solitude* ist auf Englisch neutral. Es handelt sich einfach um die Beschreibung eines Zustandes: Man ist allein. In *loneliness* liegt mehr Gefühl. Auf Französisch gibt es nur ein Wort, um zwei Zustände zu beschreiben; es ist allein der Kontext, der den Schlüssel liefert.

Ist nicht die einzige Angst, jenseits aller Einsamkeit, schlußendlich die, nicht mehr die Kraft zum Schreiben zu haben?

Es ist keine echte Angst. Es fällt mir nicht besonders schwer, dem Augenblick entgegenzusehen, da ich als Schriftsteller nichts mehr zu sagen habe, und die Notwendigkeit, die mich heute antreibt, verschwunden sein wird. Und wenn dieser Augenblick plötzlich kommt, um so besser, um so schlimmer, ich weiß nicht … es ist einfach so … Vielleicht werde ich dann den Versuch unternehmen können, etwas anderes mit meinem Leben anzufangen: Arzt oder Gauner werden. Meine Freude daran, Schriftsteller zu sein, ziehe ich aus dem gewissen Etwas, das mich zum Schreiben antreibt. Man spricht oft von der Disziplin des Schriftstellers, von der Notwendigkeit, hart zu sich selbst zu sein. In meinen Augen stellt sich diese Frage überhaupt nicht. Ich brauche keine Disziplin, ich schreibe ohne jeden Zwang. Wenn ich mich zwingen müßte, würde ich nicht mehr schreiben. Wenn man fühlt, daß man nichts mehr zu sagen hat, sollte man lieber schweigen.

In Die Erfindung der Einsamkeit *rekonstruieren Sie eine Vergangenheit, die zu einem Großteil, aber nicht ganz, die Ihre ist: Hält das Schreiben Wunden offen, oder heilt es sie?*

Das Schreiben kann gar nichts heilen. Wenn man diese Arbeit ehrlich macht, dann ist man gezwungen, sich Fragen zu stellen – immer. Es ist unmöglich, oder nur äußerst selten, endgültige Antworten auf Dinge zu finden. Man erlebt immer etwas Neues, etwas anderes. Ich habe nie das Gefühl, daß etwas vollendet ist. Dinge hören niemals auf, und jede Geschichte ist eine Fortsetzungsgeschichte ... In fast allen meinen Büchern läßt das Ende eine Lücke für etwas anderes – etwas Neues. Eine Öffnung zur nächsten Episode hin, zu einem Schritt, den es in diesem Buch nicht gibt, der darin aber suggeriert wird. Einem Schritt in einem Buch oder einem Schritt im Leben: Das ist dasselbe. Wenn die Figur nicht tot ist, geht ihr Leben weiter. *(Lachen.)*

Sie lassen selten Figuren sterben ...

Nur ein einziges Mal steht die Frage im Raum, ob eine meiner Figuren sterben wird oder nicht, und zwar in *Die Musik des Zufalls*, ganz am Ende. Ich bin mir selbst nicht ganz sicher, ob meine Figur tot ist ... Philippe Haas, der den Roman fürs Kino adaptiert hat, fragte mich eines Tages: «Ist Nashe denn nun eigentlich tot, oder ist er es nicht?» Ich habe ihm geantwortet, wichtig sei nur, daß er bereit ist zu sterben, daß er bereit ist, den Tod zu akzeptieren, wenn er kommen sollte. Aber ich weiß immer noch nicht, ob er tot ist ... Es ist am Leser – oder hier am Regisseur –, diesen «Tod» zu interpretieren. Philippe Haas hat die Geschichte weiterlaufen lassen, und in seinem Film stirbt Nashe nicht. Was für mich völlig akzeptabel ist.

Was zählt, ist also die Tatsache, daß Nashe den Gedanken an seinen Tod in sein Leben eingeführt hat. Ob er stirbt oder nicht, hat keinerlei Bedeutung. Das einzige was zählt, ist, daß er sich den Gedanken an den Tod bewußtgemacht hat ...

Genau. Er ist an einem Zwischenziel angekommen. Er hat eine Etappe in seinem existentiellen Denken erreicht. Genau das wollte ich zum Ausdruck bringen: diese beinahe erhabene Stufe des Bewußtseins.

Sie schreiben «ohne Zwang», doch unter Schmerzen ... «es ist, als würde mir täglich ein Zahn gezogen», sagen Sie ...

(Lachen.) Schon, die meiste Zeit über ist es schwierig. Ich schreibe sehr langsam. Ich glaube, mein Kopf ist zu aktiv. Passivität scheint mir fremd zu sein. Jeder einzelne Gedanke löst ein Dutzend anderer aus. Ich muß mich pausenlos bremsen und pausenlos zum Erzählstrang zurückkehren, und das ist nicht leicht. Mein Geist schweift sehr gern ab. Meine größte Anstrengung besteht darin, nicht nachzugeben!

Haben Sie zuviel Schelmenromane gelesen?

Nein. *(Lachen.)* Die Abschweifung war eines der bevorzugten Themen in der englischen Literatur des 18. Jahrhunderts. Das berühmteste Buch, das davon zeugt, ist, wie Sie wissen, *Leben und Meinungen des Herrn Tristram Shandy* von Laurence Sterne. Ein ganzes Buch über die Abschweifung! Eines der Kapitel handelt gar ausschließlich von der Abschweifung über die Abschweifung! Im *Don Quichotte* finden sich ebenfalls viele Abschweifungen, Nebenpfade, Umwege ...

Viele Ihrer Bücher entstanden gleichzeitig. Einige Seiten aus Mond über Manhattan *finden sich in der* New York-Trilogie *wieder. Fogg hieß Quinn, bevor er sich in* Stadt aus Glas *niederläßt. Im* Land der letzten Dinge *wurde geschrieben, als Sie in die* New York-Trilogie *vertieft waren. Schreibt man immer wieder dasselbe Buch? Ist jedes Buch in gewisser Weise eine Antwort auf das vorhergegangene?*

Auf jeden Fall. Ich habe das immer so empfunden. Ich habe sogar festgestellt, daß sich im Verlauf meines Schreibens komplexe und labyrinthartige Werke mit einfacheren und direkteren abwechseln. Ich habe immer das Bedürfnis nach Abwechslung verspürt. Kontinuität bedeutet nicht Eindeutigkeit.

Man hat gleichwohl den Eindruck, daß Mr. Vertigo *nicht mehr zu diesem Zyklus gehört.*

Der Kreis war geschlossen. *Mr. Vertigo* ist ein Sprung in eine andere Dimension. Nach *Leviathan*, einem Buch, das zu schreiben mir sehr schwer gefallen ist, das sehr hart war, eine alles in allem sehr schmerzvolle Erfahrung, wollte ich mich einem luftigeren, leichteren Projekt widmen. Im Grunde wirkt dieser Wunsch, von Levitation zu schreiben, auf mich wie ein Widerstand gegen die Schwerfälligkeit, die Last des vorhergehenden Romans. *Mr. Vertigo* ist anders als meine übrigen Bücher. Warum ist dieser Text so geworden? Ich habe oft über diese Frage nachgedacht. In all meinen anderen Romanen will die Hauptfigur gut sein, es ist ihr Hauptziel: ein vorbildliches, moralisches, gerechtes Leben zu führen. Um diesen «Helden» herum kreisen jedoch immer andere Figuren, Leute wie du und ich, nicht mehr und nicht weniger egoistisch, nicht mehr und nicht weniger philosophisch, die an Geld denken, an Sex, die gern essen und trinken. Das erste Mal habe ich einen dieser gewöhnlichen Menschen in den Vordergrund treten lassen: Walt ist jemandem wie Pozzi aus der *Musik des Zufalls* sehr ähnlich, oder Boris Stepanovich im *Land der letzten Dinge*. Walt kommt aus dem Nirgendwo. Meine Bücher sind schlußendlich voller Walts, die im Schatten der Hauptfigur agieren.

Die Dichtung war ein wichtiger Abschnitt in Ihrer Arbeit. Kann man sagen, daß Sie sie zugunsten der Prosa aufgegeben haben?

Als ich noch ganz jung war, wollte ich unbedingt Roman-schriftsteller werden, Geschichten schreiben. Ich bin buch-stäblich in die Literatur eingetaucht, und ganz besonders in die Poesie, die das Fundament jeglicher Literatur ist, jeg-licher Anstrengung, sich in Worten auszudrücken. Gleich-zeitig schrieb ich Prosa, jedoch ohne daß mich das, was da-bei herauskam, zufriedengestellt hätte. Meine Prosatexte lagen in der Schublade. Ich weiß nicht, wieso, aber meine Gedichte schienen mir würdiger, veröffentlicht zu wer-den ... Als ich etwa dreißig Jahre alt war, habe ich eine schreckliche Krise durchgemacht. Ich konnte keine Ge-dichte mehr schreiben. Mehrere Jahre lang warf ich neun-undneunzig Prozent dessen, was ich schrieb, weg! Ich war unglücklich mit meinem Leben, und es fiel mir zunehmend schwerer zu arbeiten. Ich dachte, daß alles für mich vorbei sei, daß ich niemals Schriftsteller werden würde. Trotz all meiner Hoffnungen und all meiner Arbeit mußte ich eine andere Zukunft ins Auge fassen. Dann, ich weiß nicht warum, ist der Knoten geplatzt: ein neues Bewußtsein, eine neue Schreiblust. In einer anderen Gattung: in Prosa, und ich beschloß, diesem Impuls zu folgen, ohne jedoch ganz mit der Dichtung zu brechen. Es fällt mir sehr schwer, die-ses Phänomen klar zu fassen, in dieses dunkle Dickicht vor-zudringen, doch so ist es gewesen ... Rückblickend kann ich sagen, daß Dichtung einen Teil von mir ausmacht, den ich nicht leugne. Sie ist vielmehr *der Ursprung* dessen, was ich jetzt schreibe.

Diese Übergangsphase der Dichtung und des Essays liegt etwa zwanzig Jahre zurück. Im Jahre 1976 haben Sie sich sogar ans Theater herangewagt ...

Dieser erste erzählerische Impuls, wie ich es manchmal nenne, war im Grunde nichts anderes als das Wiederaufflackern eines Wunsches, den ich schon als Student gehegt hatte, und er hat mich langsam zum Romanschreiben geführt. Ich habe nicht mehr als drei oder vier Stücke geschrieben, und das in sehr kurzer Zeit, innerhalb von wenigen Monaten ... Mein erstes Stück, *Laurel und Hardy kommen in den Himmel*, wurde ein einziges Mal gespielt, während einer privaten, von John Bernard Myers organisierten Aufführung. Er war in den sechziger Jahren Kodirektor vom «The Artists Theatre» in New York. Er lud Dichter und bildende Künstler ein. Darunter waren Namen wie Ashbery, O'Hara, Rauschenberg, Jasper Johns ... Nach dieser Erfahrung war ich sehr enttäuscht. Die Art und Weise, wie mein Stück aufgeführt wurde, gefiel mir nicht. Ich war der Meinung, es sei schlecht. Ich habe es überarbeitet, dann habe ich es vergessen. Das Motiv der Mauer aus *Laurel und Hardy kommen in den Himmel* sollte viele Jahre später in der *Musik des Zufalls* wiederaufgegriffen werden. *Versteckspiel*, mein drittes Stück, taucht in Form von einigen Sätzen im *Land der letzten Dinge* wieder auf. *Blackouts*, mein zweites Stück, auch ein Einakter, blieb ebenso wie meine anderen Theaterversuche lange Zeit in einer Schublade liegen. Eines Tages, als ich gerade mitten in der Überarbeitung von *Stadt aus Glas* war, habe ich mich an dieses Stück erinnert, das ich einige Jahre zuvor geschrieben hatte. Ein sonderbares Gefühl überkam mich: das Gefühl, bereits über das geschrieben zu haben, woran ich gerade arbeitete. Ich habe das Stück noch einmal gelesen. Die Situationen und die Namen waren dieselben, auch wenn sie anders dargestellt wurden als in dem Roman, an dem ich gerade saß. Daraufhin habe ich den Roman völlig neu überdacht. Aus dem Stück *Blackouts*, das zu Prosa geworden war, ist *Schlagschatten* entstanden. Diese Stücke sind in meinen Augen von keinem großen Interesse, doch es ist immer spannend, den Ursprung einer Sache zu kennen, diese sonderbare, ungreifbare Materie, aus der das Werk hervorgegangen ist ...

Sie haben auch zahlreiche Autoren übersetzt – Sartre, Joubert, Blanchot, Mallarmé, Char, Dupin usw. – und mehrere Essays geschrieben ...

Das Übersetzen reizt mich kaum mehr. Das gehört zu einem abgeschlossenen Zeitraum, ist mit meiner Jugend verbunden, als ich vor allem Neues entdecken, die Literatur anderer Schriftsteller «wiederkäuen», ihre Worte durchdringen wollte. Alles in allem war es recht aufregend ... Ich schreibe auch keine Essays mehr, sie gehörten einer Zeit sehr langsamer Entwicklung an, Jahren der Ausbildung. Ich mußte da durch, durch andere, für und über andere schreiben, um mich selbst besser zu verstehen.

Im Zusammenhang mit Ihnen wird häufig der Kriminalroman erwähnt. Was, wie ich finde, absurd ist. Wie Cervantes, der für Don Quichotte Gattungsmerkmale des Ritterromans nutzte, so bedienen Sie sich der Konventionen eines gewissen literarischen Genres, um sie gleich zu überschreiten ...

Ich bin Ihrer Meinung, auch ich finde es vollkommen absurd. Ich habe die Kriminalliteratur entdeckt, als ich Gedichte und Essays schrieb. Die Form hat mich sofort gereizt. Über mehrere Jahre habe ich Hunderte von Kriminalromanen gelesen. Dann ist das Interesse erloschen. Ich habe unter einem Pseudonym einen Kriminalroman geschrieben, und das war allein eine Frage des Lebensunterhaltes. Es war übrigens auch das einzige Mal in meinem Leben, daß ich versucht habe, für Geld zu schreiben. Ich befand mich in einer solchen Notlage, daß ich bereit war, mich zu verkaufen. Trotz meiner

Verfügbarkeit *(Lachen.)* hat es überhaupt nicht funktioniert! *Stadt aus Glas* mutet wie ein Krimi an, auch wenn es überhaupt keiner ist, weil ich die Ausgangssituation bewahren wollte, aus der die Idee zu dem Roman entstanden ist: ein Telefonanruf mitten in der Nacht, falsch verbunden, dann die Frage, ob ich Privatdetektiv bei der Pinkerton Agency sei! Bei all meinem Respekt für die wunderbare Form des Kriminalromans und meiner Bewunderung für Schriftsteller wie Hammett oder Chandler spielt dieses Genre jedoch wirklich keine wichtige Rolle in meinem Leben.

Es geht in Ihrem Werk oftmals um die Beziehung zwischen Roman und Biographie. In Mond über Manhattan *will Effing seine eigene Todesanzeige verfassen. Peter Aaron* (Leviathan) *trägt Ihre Initialen. Benjamin Sachs* (Leviathan) *hat einen Roman* (Luna) *geschrieben, der von sechzehn Verlegern abgelehnt wurde – was Ihnen ja mit* Stadt aus Glas *passiert ist, etc. Kann man von jemand anderem sprechen als von diesem unsichtbaren Menschen, der man selbst ist, und die Geschichte der Menschen, die ihn umgeben, erzählen?*

Das interessiert mich brennend … Genau dieser Frage entsprang mein Wunsch, Romane zu schreiben. Ich habe diese Problematik in *Die Erfindung der Einsamkeit* erforscht – wobei das kein Roman ist. Doch ich bin auf ein grundlegendes Rätsel gestoßen: Wie soll ich von meinem Vater sprechen? Und wie soll ich im allgemeinen über jemand anderen sprechen? Diese Aufgabe wirft ungeheure Probleme auf, und ich treffe immer wieder auf zahlreiche Widersprüche, die mich stets aufs neue faszinieren. In gewisser Weise nehmen die meisten meiner Romane die Form der Biographie irgendeiner Person an. Es ist die Gesamtentwicklung eines Lebens, die mich interessiert. Nicht nur vereinzelte Momente, sondern die ganze Bandbreite eines Lebens, mit all

seinen Umwegen, seinen Hochs und Tiefs, seinen Fehl-
schlägen, Zweifeln und Gewissensbissen.

*Sie würden jedoch nicht so weit gehen und die Biographie einer
wirklichen Person niederschreiben?*

Das stimmt! Ich bevorzuge imaginäre Biographien. Ich
könnte natürlich ein imaginäres Leben Shakespeares erzählen ... Vor zehn Jahren habe ich Hildesheimers außergewöhnliches Buch über Mozart gelesen: eine Biographie, die
die Möglichkeit reflektierte, eine Biographie zu schreiben.
Ich stimme völlig mit diesem Ansatz überein. Als ich jünger
war, hatte ich vor, biographische Skizzen über Schicksale,
die mich interessierten, zu verfassen. Es ist nichts daraus geworden, sieht man von einem kleinen Essay über Sir Walter
Raleigh* ab.

*Sie sagen: «Eigentlich betrachte ich mich kaum als Romanschrift-
steller.» Sind Sie ein Geschichtenerzähler? Ein narrador, wie man
auf spanisch sagt?*

Ja, das stimmt. In dem Satz, den Sie zitieren, beziehe ich
mich auf meine Erfahrung mit Romanen. Ich muß feststellen, daß ich mich von dem, was die meisten anderen Roman-
schriftsteller zu interessieren scheint, nicht angesprochen
fühle. Ich weiß nicht, warum das so ist. Ich will keinesfalls
ihre Bemühungen kritisieren, sie sind zweifelsfrei lobens-
wert, doch der Roman als soziologische Studie hat in meinen Augen wenig Sinn. Erklären und beschreiben, wie man
heute lebt und stirbt, interessiert mich nicht. Zu sagen,
welche Weine beliebt sind, welche Zigaretten man raucht,
welche Autos man fährt, welche Kleider man trägt, diese

* Siehe *The Art of Hunger.*

ganze Anhäufung von Details, die mit einem bestimmten historischen Moment verbunden sind – all das, was zum «realistischen Roman» gehört –, läßt mich kalt. Es kann durchaus einmal passieren, daß mich die Lust überkommt, ein solches Buch zu lesen, doch es wäre mir unmöglich, eines zu schreiben. Was mich nicht daran hindert, mich als «realistischer» Autor zu sehen. Das echte Alltagsleben interessiert mich über alle Maßen. Man kann nicht ausschließlich abstrakte Bücher schreiben. Das ist völlig reizlos. Sie zu schreiben und sie zu lesen. Man muß sich an spezifische Projekte begeben. Je spezifischer ein Buch, desto universeller wird es.

Die Musik des Zufalls wurde von Ihnen als eine Art reale Fabel beschrieben; Mr. Vertigo hingegen geht noch darüber hinaus. Ist dieser Roman poetischer, phantastischer, näher an Ihren lyrischen Arbeiten?

Mr. Vertigo ist meiner Meinung nach ein realistisches Buch. Das einzige Element, das nicht «wirklichkeitstreu» ist, das man aber einfach akzeptieren kann, ist die Frage der Levitation. Wenn man das einmal akzeptiert, ist alles wahr: die Psychologie der Menschen, die historischen Begebenheiten, alles. Diese Geschichte, die sich auf dem Boden der Realität bewegt, sprießt buchstäblich aus dem Boden und aus der Wahrheit. Es handelt sich nicht im eigentlichen und beinahe negativen Sinn um ein Märchen. Dieses Buch war bei Erscheinen der dänischen Ausgabe bezeichnenderweise Anlaß für einen sehr interessanten Artikel, der die folgende Frage aufwirft: Kann man ein realistisches phantastisches Werk schreiben? Der Journalist hat genau erfaßt, worum es ging: Der magische Realismus liegt mir fern.

Knüpfen Sie an die Tradition des Initiationsromans an?

Ja, das kann schon sein. Doch das geschieht nicht bewußt. Das Thema der Jugend beschäftigt mich sehr. Wenn ich Biographien berühmter Leute lese, ob nun Schriftsteller oder nicht, dann interessieren mich immer die Kapitel am meisten, die davon handeln, was sie waren, bevor sie eine Person von öffentlichem Interesse wurden. Die Entwicklungsjahre haben immer etwas Packendes. Von dem Augenblick an, da Churchill Churchill wird, ist er nicht mehr so interessant. Welchen Weg schlägt man ein, um man selbst zu werden ... Vielleicht liegt es daran, daß viele meiner Bücher mit dem verwandt sind, was man in Deutschland «Bildungsroman» nannte. *Im Land der letzten Dinge, Mr. Vertigo, Mond über Manhattan, Hinter verschlossenen Türen* können in gewisser Weise in diese Kategorie eingeordnet werden ...

Sind Sie ein «existentialistischer» Autor? Ich meine, aus der Literatur geboren und durch sie geformt?

Ich weiß nicht, was das heißen soll. Ich mag keine Etiketten. Existentialistisch? Postmodern? Es obliegt den anderen, das zu sagen. Ich kann mir durchaus vorstellen, einen anderen Beruf auszuüben, doch aus Gründen, die mir verborgen bleiben, ist es das Schreiben, das mich am meisten angezogen hat. Die meiste Zeit über fällt es mir sehr schwer, mich von einer Arbeit, die ich vollendet habe, zu lösen: Sie ist ich so wie ich sie bin. Stets mit dem gleichen Ziel: meinen Stil durchsichtig zu machen. Einen Roman zu schreiben und dabei zu vergessen, daß er aus Sprache besteht ... Dieses Bedürfnis, dieses Ideal, spornt meine Sätze an.

All Ihre Figuren versuchen, ihrem Leben einen Sinn zu geben und verlieren ihn aus den Augen, je näher sie ihm kommen. Bedeutet Leben, in immer tiefere Dunkelheit zu dringen?

Jeder bemüht sich, sein eigenes Chaos in dem der anderen, in diesem dichten Wirrwarr, zu durchschauen. Doch einige meiner Figuren kommen in ihrem Leben weiter. Anna Blume, Nashe und Walt begreifen schließlich, wer sie sind, und schaffen es, die Welt, die sie umgibt, zu entschlüsseln. Manchmal machen sie Rückschritte: So wie Quinn. Meine Figuren sind alle einzigartig, sie unterscheiden sich sehr voneinander. Sie weisen viele Ähnlichkeiten auf, vor allem in ihrer Art, mit sich selbst zu sprechen, doch auch wichtige Unterschiede. Vor allem ihre Wünsche sind verschieden. Wie jeder Romanschriftsteller, so stecke auch ich in jeder meiner Figuren. Ich bin jedoch fest davon überzeugt, daß sie aus sich selbst heraus existieren und ganz anders sind als ich. Ja, sie sind nicht ich! *(Lachen.)* Das wird vor allem in den Romanen deutlich, die in der ersten Person geschrieben sind ... Anna Blume, Peter Aaron und Walt haben jeweils ihre eigene Ausdrucksweise, denn es sind verschiedene Menschen, von denen jeder auf seine Weise denkt, sich ausdrückt und lebt. Manchmal habe ich den Eindruck, daß einen Roman zu schreiben bedeutet, selbst Schauspieler zu sein. Man versetzt sich in eine andere Figur, in ein imaginäres Wesen, und schließlich wird man zu dieser anderen Figur und diesem imaginären Wesen. Das war sicherlich der Grund, warum es soviel Spaß gemacht hat, bei *Smoke* und *Blue in the Face* mit den Schauspielern zu arbeiten. Der Schriftsteller, der Geschichten schreibt, und der Schauspieler, der welche spielt, unternehmen ein und dieselbe Anstrengung: in imaginäre Wesen einzudringen, ihnen Gestalt und Wahrhaftigkeit zu verleihen, ihnen Gewicht und Realität einzuhauchen.

Die Gruppenarbeit, die dem Regisseur eigen ist, unterscheidet sich sehr von der viel einsameren Arbeit des Schriftstellers. Fiel es Ihnen schwer, das zu akzeptieren?

Es war eine vollkommene Umstellung, die mir aber sehr gut getan hat: Ich mußte all meine Angewohnheiten revidieren! Man kann ja nichts mehr steuern. Bei dieser Gemeinschafts-arbeit hat jeder seinen eigenen Rhythmus, auf den man Rücksicht nehmen muß. Die Truppe muß perfekt aufein-ander eingespielt sein, um das Ziel des Projekts zu errei-chen. Es ist wie bei einer Kette: Wenn ein Glied bricht, zer-fällt das Ganze. Es ist richtig befriedigend, zusammen mit anderen an einer Sache beteiligt zu sein, Vertrauen in die Arbeit der anderen zu haben. Jeder glänzt auf seinem Ge-biet: sei es in der Produktion oder im Schnitt, beim Ton oder beim Bild. Es stellt sich also eine Form des Respekts dem anderen gegenüber ein und entfaltet sich. Sicher, die-ser «Abstecher» hat meine Einstellung zum Schreiben nicht geändert. Auch wenn ich so manches Mal etwas fru-striert war, so bercue ich in keiner Weise diese Erfahrung. Wie Edith Piaf sagte: «Non, rien de rien, je ne regrette rien.» *(Lachen.)*

Man liest überall, daß der «Zufall» eine wichtige Rolle in Ihrem Werk spielt. Ich glaube nicht, daß dem so ist. Der «Zufall» ersetzt nicht das Schicksal: Er ist vielmehr sein Mittel. Doch ist Ihre Er-zählwelt nicht eher der Notwendigkeit unterworfen, dem, was Sar-tre die «contingences», die Zufälligkeiten, nannte?

«Paul Auster und der Zufall»... aber ja, ich finde das wirklich lästig! Sie haben vollkommen recht! Es gibt die Notwendig-keit und die Zufälligkeiten, und das Leben besteht aus nichts anderem als aus Zufälligkeiten. Es genügt, die Augen zu öffnen, das Leben Ihrer Nächsten zu betrachten, das Ihrer Freunde, um zu sehen, daß kein einziges Leben auf geradem Wege verläuft. Wir sind unablässig Opfer alltäglicher Zufäl-ligkeiten. Dinge passieren dann, wenn man nicht darauf ge-faßt ist. Lebensläufe bestehen aus dem Unerwarteten. Hätte ich nur eine einzige Sache an meinen Werken hervorzuheben, dann wäre es die … Ich denke oft an ein Wort: *Das Unvorhersehbare*. Es gibt zwei Auslegungen: eine philosophische und eine alltägliche – wenn man etwa von einem Autounfall spricht. Es liegt in der Natur der Sache, daß ein Unfall nicht vorhersehbar ist. Es handelt sich um etwas, das passiert – und zwar unerwartet. Und unsere Lebensläufe setzen sich aus Unfällen zusammen. Mich interessieren auch die Unfälle sehr, die nicht passieren! Glück existiert tatsächlich … Ein Mensch, der die Straße überquert und der es knapp schafft, nicht umgefahren zu werden … Dieser Millimeter, dank dessen er am Leben bleibt, fasziniert mich; diese winzige Entfernung trägt dazu bei, ein Leben zu bestimmen. Das kommt mir so offensichtlich vor, nichts ist mehr normal. Nein, wirklich, diese Vorstellung vom «Zufall» interessiert mich nicht. Es ist, als würde man ihn bei der Lektüre meiner Bücher zum ersten Mal entdecken: Das ist absurd.

Man hat Borges auf wiederkehrende Themen festgenagelt: Tiger, Tango, Bibliotheken, Labyrinthe, Blindheit … Man sagte «borgesisch» wie man «kafkaesk» sagt. Sie laufen Gefahr, ein neues Adjektiv zu prägen. Bald wird man vielleicht «austerisch» sagen!

(Lachen.) Mein Gott, «austerisch» – verkapselt wie eine Auster …

Sie zeigen häufig auf, wie ein Leben aus dem Gleis gerät. Wird ein durchschnittliches Leben außergewöhnlich, weil es plötzlich von einer anderen Logik bestimmt wird?

Die Gründe für diese «Entgleisungen» sind in jedem Buch anders. Für Anna Blume ändert sich alles, als sie beschließt, in diese neue Stadt zu gehen. Walt entdeckt an sich ein bisher unerkanntes Talent. Nashe macht eine Erbschaft, die sein Leben umkrempelt. Benjamin Sachs muß sich mit furchtbaren inneren Kämpfen auseinandersetzen, die ihn zwingen, sein Leben ganz neu zu überdenken. Quinn sieht sein Leben durch einen Telefonanruf auf den Kopf gestellt. In *Hinter verschlossenen Türen* bringt ein Brief von Fanshawes Witwe an den Erzähler eine unerwartete Wendung. In *Mond über Manhattan* ist der Tod des Onkels der wahre Auslöser für die Geschichte. All diese Figuren haben einen Verlust erlebt. Sie sind in dieser Schwebe, die die Theologie «Vorhölle» nennt, sie stehen am Rande ... Nehmen wir ein konkretes Beispiel, Quinn in *Stadt aus Glas* ... Seine Frau und sein Kind sind tot. Er hat jegliche Verbindung zum normalen Leben verloren. Er ist wie «ausgehöhlt». So kommt es, daß er, als ihn der Telefonanruf erreicht, ohne zu zögern zusagt. Wäre seine familiäre Situation eine andere gewesen, hätte er einfach geantwortet, daß es sich um einen Irrtum handele. Diese Leere jedoch macht ihn verfügbar, und die Geschichte kann beginnen. Dieses Fehlen bewirkt, daß er nach außen offen ist, in Erwartungshaltung, und wenn eine sonderbare Begebenheit eintritt, kann er ihrem Gang folgen. Ich bin nicht von seltsamen Abenteuern besessen, doch wenn man die Verbindung zu den anderen verliert, dringt man unweigerlich in unbekannte, unkontrollierbare Räume vor. Das ist der Kern des Ganzen. Denn um diese von einer eigentümlichen Logik gepackten Menschen herum führen andere, normalere, ihr Alltagsleben weiter. Als Menschen im Umbruch begegnen meine Figuren häufig jemandem, der ihr Leben umkrempeln wird. Es ist diese mögliche Liebe – die Aussicht, sein Leben mit jemand anderem teilen zu können – die alles ändern wird.

In Leviathan *spielen Sie auf einen berühmten Abzählreim an: Während einer Schlacht sitzt ein König auf seinem Pferd, das Pferd verliert ein Hufeisen, es stürzt, der König stürzt, und die Schlacht ist verloren. Gibt es im Leben so etwas wie heimtückische Verkettungen?*

Es sind Verkettungen von Zufällen. Sie stecken in den blödesten oder einfachsten Geschichten … In Abenteuerfilmen, zum Beispiel … die ich übrigens mag … Man steht auf einer Klippe … Großaufnahme: die Finger des Abenteurers, der sich verzweifelt an den Felsen klammert … Ohne diese von der Vorsehung geschickte Wurzel wäre der Held bereits ins Leere gerutscht und tot, doch die Wurzel war da und die Geschichte kann ihren Lauf nehmen! Es ist wie eine Metapher über das Leben. Natürlich, der Schriftsteller setzt und versetzt die Wurzeln nach Gutdünken, doch ganz so einfach ist es nicht. Ich treffe eine Entscheidung und fühle mich dennoch niemals wie ein Marionettenspieler. Ich schreibe nicht auf diese Weise. Ich unternehme vielmehr den angestrengten Versuch, jemand anderen zu ergründen. Ihn kennenzulernen, seine Geheimnisse zu durchdringen, ihn zu bewohnen, bis ich ihn gut genug verstehe, um seine Gedanken und Handlungen nachvollziehen zu können. Es ist nicht mein Wille, der ihn leitet, sondern seiner, der mich dazu bringt, ihm zu folgen. Meiner Meinung nach steckt die «Aufrichtigkeit des Schriftstellers» in dieser Bestrebung: zu verstehen, in dem, was ich schreibe, eine Wahrheit zu finden, aber niemals zu manipulieren. Erinnern Sie sich an die Passage in *Die Musik des Zufalls*, als Nashe die Figürchen stiehlt … Nun, ich schwöre, daß ich diesen Diebstahl beim Schreiben nicht im Sinn hatte. Ich fühlte mich plötzlich zu dieser Szene mit Nashe gedrängt. Ich «sah» ihn aufstehen, in das Zimmer gehen und die Figürchen stehlen. Natürlich habe ich selbst die Entscheidung treffen müssen, ob ich diese Szene niederschreiben sollte oder nicht, doch ich nahm sie mit hinein, nachdem ich Nashes Erfahrung selbst

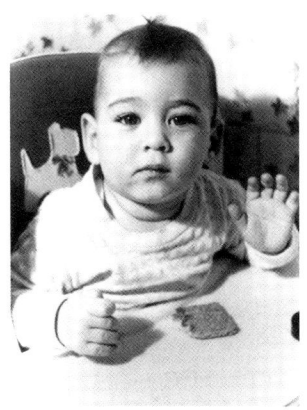

Im Jahr 1947

Im Jahr 1948

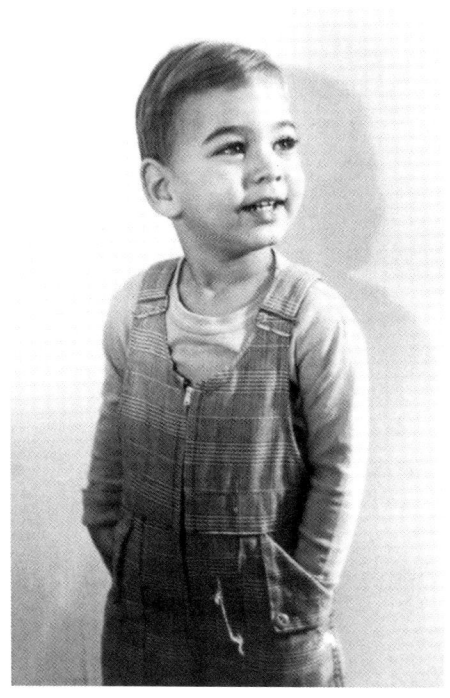

Im Jahr 1949

Paul Auster zur Zeit der
Episode von der Freiheitsstatue, 1952

Mit seiner Schwester Janet, 1953

Im Jahr 1967

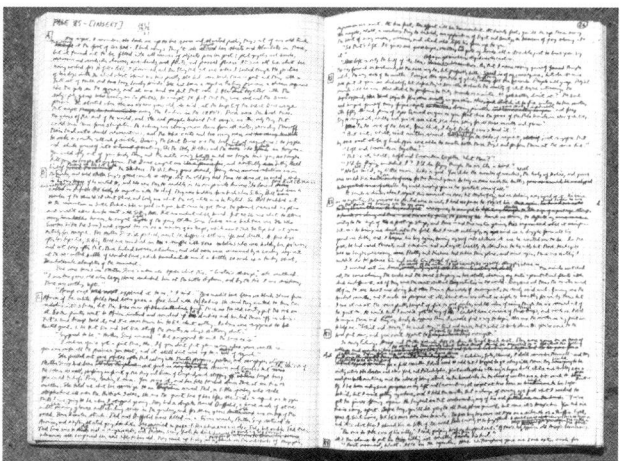

Manuskript – *Mr. Vertigo*
© Daniel Auster

In seinem Arbeitszimmer in Brooklyn
© Daniel Auster

© Birgit Kleber, Berlin

Gérard de Cortanze
© S. Bassouls/Sygma

Bei den Dreharbeiten, 1993

verspürt hatte. Zuerst hat Nashe gestohlen, dann habe ich den Diebstahl nacherzählt ... Es ist kompliziert, nicht wahr? Was ich sagen will, ist, daß ich in genau jenem Moment etwas Neues über Nashe erfahren habe. Ich kann mich erinnern, daß ein Produzent mich anrief, nachdem er das Buch gelesen hatte. Er wollte einen Film danach drehen* und Flower und Stone mehr Gewicht verleihen. «Man sieht sie zuwenig», sagte er, «man darf nicht zulassen, daß sie verschwinden!» Ich habe ihm geantwortet, daß es wesentlich sei, daß sie nie wiederkommen, daß sie eine unsichtbare Bedrohung bleiben müßten, und ich fügte hinzu: «Ich spüre, daß ich nicht das Recht habe, es zu ändern ...» Er war nicht überzeugt: «Sie haben jedes Recht! Man kann mit den Figuren einer Geschichte machen, was man will! Sie sind der Meister!» Er hatte nichts verstanden. Die wahren Meister des Romans sind die Figuren. Das Gespräch mit diesem Produzenten war sehr lehrreich. Man meint allzu oft, der Schriftsteller sei eine Art Gott, der die Puppen tanzen läßt. Die Erfahrung des Schreibens entspringt bei mir niemals diesem Ansatz: Sie ist ein inneres Bedürfnis. Um zu schreiben, muß man viel gelesen, doch vor allem viel erlebt haben. Das Talent ist nicht das wichtigste beim Schreiben. Unentbehrlich sind der Wunsch, der Wille und das Bedürfnis zu schreiben.

Ihre Romane sind voller treibender, vom Weg abgekommener Gestalten; Einzelgänger, die umherziehen, die sich sonderbare Identitäten zulegen, die so tun, als seien sie ein anderer, um zu spüren, daß sie leben. Sind Sie selbst nicht ein entwurzelter Mensch in den Vereinigten Staaten, ein Reisender zwischen der Alten und der Neuen Welt, jemand, der die Gründermythen nach der Rückkehr aus Frankreich im Jahre 1974 wiederentdecken mußte?

* Der Film wurde schließlich 1993 von Philippe Haas realisiert.

Nein, das trifft es nicht. Ich habe lange vor meinem Frankreichaufenthalt viele Seiten von *Mond über Manhattan* geschrieben, die durch und durch von dem amerikanischen Gedanken durchdrungen sind. Amerika hat mich immer interessiert. Es ist einfacher als das, was Sie meinen. Es handelt sich vor allem um Charakter. Beinahe alle Schriftsteller, seien es nun Dichter oder auch nicht, fühlen sich vom Leben, von der Gesellschaft ausgeklammert. Man schwimmt gegen den Strom. Man ist Zeuge. Man betrachtet die Dinge. Man fühlt sich überhaupt nicht betroffen von den Aktivitäten der anderen. In meiner Jugend, als Heranwachsender, war ich so schüchtern, daß ich mich nicht einmal zu sprechen traute! Im Jahre 1965 las ich leidenschaftlich gern Joyce und wollte daher seine Stadt erforschen ... Ich habe zwei Wochen allein in Dublin verbracht und ich habe mit keinem gesprochen. Ich traute mich nicht, in einen Pub zu gehen. Ich lief nur kreuz und quer durch Dublins Straßen. Es war furchtbar, diesen schüchternen Idioten erleben zu müssen. In der Schule, und dann später an der Universität, traute ich mich nicht, etwas zu sagen. Ich war da, ich nahm innerlich teil. Ich antwortete ausschließlich, wenn der Dozent mich fragte, und dann stammelte und stotterte ich auch nur! Dieser ganze Lebensabschnitt war sehr schwierig für mich ... Ich fühlte mich immer ins Abseits gedrängt ... Es waren nicht die anderen, die mich ins Abseits drängten, sondern mein eigenes Unvermögen ... Andererseits wird man in Amerika schon aufgrund der Tatsache, daß man Jude ist, immer ins Abseits gedrängt. Ich bin in einer Stadt von New Jersey aufgewachsen, wo es eine wirkliche Mischung aus Juden und Protestanten gab. Jeden Winter führten wir kleine Theaterstücke auf, um den Jahresausklang zu feiern. Ich lehnte es strikt ab, Weihnachtslieder zu singen – niemand hatte diese Einstellung von mir verlangt, ich konnte mich einfach nicht mit der christlichen Weihnacht identifizieren.

Ich kann mich bis heute daran erinnern, wie die ganze Klasse zur Probe loszieht und ich entsetzlich allein zurückbleibe ... Es sind all diese Kleinigkeiten, die sich im Laufe eines Lebens anhäufen und einen abseits vom Leben der anderen stellen. Also sieht man genau hin, man wird zum Beobachter. Man ist Bürger eines Staates, doch zugleich fühlt man sich wie ein Ausländer. Man betrachtet von innen, doch auch von außen. Ja, all das hat mich entscheidend geprägt. Heute habe ich gewisse «Fortschritte» gemacht, ich meine als Mensch. Ich schaffe es, mit Leuten zu reden. Vor zwanzig Jahren hätte ich mich niemals so mit Ihnen unterhalten können, wie wir es jetzt tun. Der Gedanke daran wäre unerträglich für mich gewesen. Meine Jahre als Dozent in Princeton, zwischen 1985 und 1990 haben mir bewiesen, daß ich vor anderen sprechen kann. Manchmal erinnere ich mich noch an die furchtbaren Dichterlesungen, bei denen ich nie die Nase von meinen Blättern hob und niemals das Publikum ansah!

Heute sind Sie anerkannt. Dieser Name, Paul Auster, auf einem Buchdeckel, das kann auch ausdrücken: Ich existiere, man erkennt mich an ...

Ich wußte immer, daß ich existiere, nur, wie soll ich es ausdrücken, an einem etwas «verschlossenen» Ort. Meinen Namen auf einem Buchdeckel zu sehen wirkt wie ein rein äußerlicher Teil von mir. Die Dinge um mich herum sind wirklich, aber das berührt mich überhaupt nicht ... Es ist seltsam, oder?

Was Sie mehr berührt, ist also dieser sonderbare Zwischenraum, diese Entfernung, die Sie – als Person – von dem Blatt Papier trennt, das Sie mit Worten bedecken?

Vielleicht. Ich stecke in dieser Tätigkeit. Niemals in dem Ergebnis der Tätigkeit. Immer in der Anstrengung des *Tuns*. Genau in dem Augenblick vergesse ich mich. Ich bin in der Arbeit. Ohne Zweifel handelt es sich um eine Art Befreiung … nun, zumindest vielleicht …

Alvaro Mutis, oder vielmehr seine Figur, Maqroll el Gaviero, sagte, er fühle sich mehr durch die Reise der Karawane angesprochen als durch ihre Zusammensetzung, die Kamele, Kameltreiber, die Karawane selbst …

Er meint also die Bewegung der Karawane. Ja, ich stimme dem zu. Es ist sehr treffend. Es zählt nicht so sehr das fertige Buch wie die Reise beim Schreiben. Der Augenblick des Schreibens. Sobald das Buch veröffentlicht ist, gehört es einem nicht mehr. Es gehört den anderen. Es wird etwas anderes …

Man hat aus Borges den «unargentinischsten» Schriftsteller Argentiniens gemacht! Dabei war keiner argentinischer als Borges! Man liest oft: «Paul Auster, der europäischste unter den amerikanischen Schriftstellern.» Das ist vollkommen falsch.

Sie haben ganz recht. Ich habe nie verstanden, was das heißen sollte! Oftmals erfinden faule Menschen – in diesem Fall gewisse Journalisten –, die nicht genau über Dinge nachdenken, Etiketten, um ihre Opfer in kleine Schubladen einzusortieren. Kritiker lieben Kategorien. Und sobald einer von ihnen etwas schreibt, begnügen sich die anderen damit, es zu wiederholen. Das hat überhaupt keinen Sinn. Die Kunst und die Literatur eines jeden Landes haben bestimmte Charakteristiken, die ihnen eigen sind, das ist eine Tatsache. Man ist jedoch auch Teil eines breiteren Stromes: dem der Weltliteratur. Übersetzungen gibt es seit der Geburtsstunde des Buchdrucks. Amerikanische Schriftsteller lesen zum Beispiel – ebenso wie ihre Leser – andere Schriftsteller, deren Muttersprache nicht Englisch ist. Die Schriftsteller unterliegen Einflüssen, die außerhalb derer ihres Ursprungslandes zu finden sind. Nehmen Sie einmal die Entwicklungsgeschichte des Sonetts: eine Form, die in Italien geboren und in Europa verbreitet wurde und unter anderem das französische und das englische Sonett hervorgebracht hat. In der Mitte des 16. Jahrhunderts hat der herausragende Dichter Thomas Wyatt* Petrarca neu belebt. Nichts ist englischer als diese Dichtung, die *auch* «Import»-Dichtung ist. Ich sehe da keinen Unterschied. Die Bibel ist in alle Sprachen der Welt übersetzt. Der Franzose Flaubert hat den Iren Joyce sehr beeinflußt, der den Amerikaner Faulkner stark beeinflußt hat, der den Südamerikaner Gabriel García Márquez stark beeinflußt hat, der Toni Morrison stark beeinflußt hat. Es gibt keine Grenzen! Man behauptet nicht von Toni Morrison, sie sei die «kolumbianischste» unter den amerikanischen Schriftstellern! Diese Grenzen sind absurd. Lesen Sie aufmerksam die Romane von Herman Melville, der für mich der größte Schriftsteller der amerikanischen Literaturgeschichte ist: Es sind so sonderbare Bücher, mit einem Aufbau, der so weit abseits von all dem liegt, was üblich ist … Seine Romane sind praktisch unverständlich und jedenfalls nicht einzuordnen. Er ist der größte amerikanische Schriftsteller, und seine Bücher haben nichts mit amerikanischer Literatur zu tun. Wenn man sich auf Kategorien einläßt, dann ist *Moby Dick* ein Buch, das etwas von einem Essay hat, von einem Gedicht, von einem Abenteuerroman … Fifty-fifty … Sehen Sie, drei

* Sir Thomas Wyatt oder Wyat (1503–1543), Dichter und Diplomat. Der Geliebte von Anne Boleyn führte das Sonett zur Perfektion. Sein Werk erschien postum.

101

Hälften: Das ist nicht möglich! *(Lachen.)* Auf der anderen Seite, wenn ich versuche, Ihre Frage zu beantworten, muß ich hinzufügen: Man wohnt immer irgendwo, und dieser Ort bildet in sich eine Welt, die ausschlaggebend ist für jedes Individuum. Ein Künstler, ein Schriftsteller, wer auch immer, entspricht der Umgebung, in der er lebt. In meinen Büchern entspreche ich der Realität, die mich umgibt: einer amerikanischen Realität.

Einer Realität, zu der das Baseball, das in all Ihren Büchern vorkommt, dazugehört!

Ich hatte mal diese Idee zu einem Projekt, das ich niemals in die Tat umsetzen werde, und zwar einen Essay zu schreiben, der den Titel getragen hätte: *Baseball für Ausländer.* Ein öffentlicher amerikanischer Sender hat im letzten Jahr einen Dokumentarbericht über die Geschichte des Baseballs ausgestrahlt: achtzehn Stunden Programm! Das gibt Ihnen eine Vorstellung, welchen Stellenwert dieses Spiel im amerikanischen Leben hat ... Womit soll ich anfangen? Zuallererst handelt es sich um einen Sport, den man treibt, wenn man jung ist, und eine nostalgische Bindung an die Jugend liegt in jedem von uns verborgen. Andererseits ist es eine Sportart, bei der die Ästhetik eine große Rolle spielt: Die Linien des Feldes, die eine besondere Klarheit auszeichnet, tragen als optischer Eindruck dazu bei, daß tiefverwurzelte Erinnerungen entstehen. Man kann sich auf eine sehr lebendige und gegenwärtige Weise an ein Spiel erinnern. Das Spiel verläuft ziemlich langsam, mit Momenten großer Energie, mit komplexen Spielzügen und Leerläufen. Der Rhythmus ist sehr wichtig. Was am Baseball vor allem verführerisch ist, ist die Tatsache, daß es keine Uhr gibt, anders als in anderen Sportarten wie Football oder Basketball, bei denen die Partie unweigerlich nach einer bestimmten Zeit zu Ende geht. Beim Baseball gibt es keine feste Spielzeit. Selbst wenn eine Mannschaft gegen Ende des Spiels weit zurückliegt, kann sie, dank einer Phase besonders kühnen Spiels schließlich noch gewinnen. Jede erdenkliche Veränderung der Situation ist möglich. Andererseits wird dieser Sport sechs Monate lang täglich ausgeübt – so lange dauert die Saison –, das bedeutet 162 Spiele! Es gibt also in jeder Mannschaft unweigerlich Höhen und Tiefen, Verletzungen, Verunsicherung; manche Mannschaften legen einen glänzenden Start hin und können ihr Niveau während der Saison nicht halten, andere wiederum triumphieren spät. Die besten Mannschaften verlieren ein Drittel ihrer Spiele, und die schlechtesten gewinnen immer wenigstens ein Drittel. Alles entscheidet sich mit dem letzten Drittel, in der größten Ungewißheit. Dieser Sport ist auch sehr eng mit der Geschichte Amerikas verknüpft. Die Enzyklopädie des Baseballs, mehr als viertausend Seiten stark, enthält die wahre Geschichte Amerikas. Jede Partie, seit der Sport das Licht der Welt erblickte, ist darin gewissenhaft niedergeschrieben, dank Tausenden von Zahlenkolonnen. So erfährt man zum Beispiel, daß Riggs Stephenson vierzehn Jahre lang gespielt hat, in 1310 Spielen, und 4000 Chancen zu einem *base* hatte. Er hatte den Spitznamen *Dummy:* der «Stumme». Man erinnert sich an die Heldentaten von Pepper Martin, an einem Nachmittag im Jahre 1930, aber man vergißt, welches die großen gesellschaftlichen Bewegungen jener Zeit waren, ebenso wie den Namen des damaligen Präsidenten der Vereinigten Staaten. Wir müssen auch bedenken, daß Baseball sehr schnell zum Sport der Einwanderer wurde, ein demokratischer Sport, der die Integration erleichterte. Mein Großvater liebte Baseball, denn wenn er bei Spielen dabei war, wurde er zum Amerikaner! Ja, in der Tat, Baseball ist ein großes und komplexes Thema, an dem ich sehr hänge. Während der Baseball-Saison schlage ich die Zeitung auf und beginne stets mit den Berichten über die Spiele des Vorabends. Es ist wie ein Ritual. Wenn Sie eine visuelle und physische Vorstellung von diesem Sport haben, dann können Sie allein anhand der Zahlenkolonnen ein ganzes Spiel rekonstruieren: Sie rufen ein Bild hervor, und innerhalb weniger Sekunden finden Sie sich auf dem Feld inmitten der Spieler wieder.

Sie beziehen sich häufig auf das Judentum, Ihr lyrisches Werk ist voller jüdischer Motive. Im Land der letzten Dinge sagt der Rabbi, daß jeder Jude das Gefühl habe, der letzten Generation von Juden anzugehören. Man werde immer von dem geformt, was sich vor der Geburt ereignet hat. Sie sind Enkelkind jüdischer Einwanderer: Wie erleben Sie diese Vergangenheit, diese Kultur?

Das ist ein weites Feld ... Um genau zu sein, würde ich sagen, daß das Judentum das ausmacht, was ich bin, woher ich komme. Ich würde anfügen, daß das alles sehr wichtig für mich ist. Auch wenn ich gegenüber praktizierter Religion sehr zurückhaltend bin – zurückhaltend nicht nur dem Judentum, sondern allen Religionen gegenüber. Ich bin nicht gläubig. Ich mißtraue dem, was die großen Religionen vollbracht haben. Im Kern ist Religion etwas Positives, doch die Praxis pervertiert sie. Sehen Sie sich den heutigen Fundamentalismus an, eine furchteinflößende und gefährliche Erfahrung, und zwar auf allen Gebieten. Die Juden, die Christen, die Moslems, wie auch die anderen «Gläubigen», sind für diesen furchtbaren Verfall verantwortlich. Die Geschichte, die Tradition, jegliche Annäherung an die jüdische Welt betreffen mich. Im Gegensatz zu anderen Religionen, wie etwa dem Christentum – und ich habe oft lange über dieses Thema mit meiner Frau Siri diskutiert, die der lutheranischen Kirche angehört –, bietet das Judentum, und das ist, was mich daran anzieht, einen Kodex, der kein idealistisches, sondern ein realistisches Leben erlaubt. Es ist eine Religion, die menschliche Schwächen zuläßt und niemals vom Menschen verlangt, ein Heiliger zu werden. Ich bin der festen Überzeugung, daß das Christentum aber genau das verlangt, und es ist ein schwerwiegender Fehler. Seine goldene Regel lautet wie folgt: «Liebe deinen Nächsten wie dich selbst.» Das Judentum hingegen sagt: Tut den anderen nichts an, was man euch nicht antun soll. Das ist ein grundlegender Unterschied. Die Juden haben das Problem umgekehrt. Einerseits handelt es sich um einen Befehl; andererseits befinden wir uns eher im Bereich des «leben und leben lassen». Welche Lektion der Toleranz! Jede Lektüre des Alten Testamentes ist eine Lektion. Ich lese immer wieder darin. Ich fühle mich der Geschichte des jüdischen Volkes sehr eng verbunden, in all ihren Verzweigungen. Doch ich fühle keinerlei Drang, über das Judentum zu schreiben. Es ist ein Teil von mir, der in einem Buch hervortreten kann, oder auch nicht. Es ist nicht meine Hauptquelle, sondern eher ein Element von vielen, die mich mitgeformt haben.

Mond über Manhattan war eine Geschichte über Familien und Generationen, eine Art Roman à la David Copperfield. Hat das Schreiben nicht genealogische Studien als Grundlage? Die Frage ist immer in etwa dieselbe: Woher komme ich als Schreibender?

Ich weiß, wer meine Großeltern väterlicherseits und meine Urgroßeltern mütterlicherseits waren. Ich kann es nicht weiter zurückverfolgen … Unter den Einwanderern, die in die Vereinigten Staaten gekommen sind, herrschte, glaube ich, der große Wunsch vor, tabula rasa zu machen, eine allzu schwere Vergangenheit zu unterdrücken. Die Frage nach den Ursprüngen beschäftigt mich nicht wirklich. Sie ist ein weiteres Geheimnis, das, wie jedes Geheimnis, viele Fragen aufwirft. Die Frage nach Generationen wird in der Tat am häufigsten in *Mond über Manhattan* angesprochen. Die Frage nach der «Familie», die Suche nach unmittelbarerer Verwandtschaft, die interessiert mich dagegen mehr: die Eltern, die Großeltern usw.

Die Vergangenheit kann schreckliche Entdeckungen bergen … So haben Sie herausgefunden, daß Ihre Großmutter Ihren Großvater durch einen Schuß in der Küche ihres Hauses im Januar 1919 tötete und daß Edison im Jahre 1929, in dem Jahr der Depression, Ihren Vater entließ, den er erst zwei Wochen zuvor als Assistenten für sein Labor angestellt hatte, weil er erfahren hatte, daß er Jude war!

Es ist schwer, damit zu leben, es zu akzeptieren, aber jede Familie hat ihre eigenen Geschichten. Man stößt immer auf Verrückte, Verbrecher, Gewaltakte – denn das ist, schlicht gesagt, ein Teil des Lebens.

In Leviathan *sagt eine der Figuren: «Niemand kann sagen, wo ein Buch herkommt; am wenigsten derjenige, der es geschrieben hat.» In* Mond über Manhattan *spielt der Blitz eine besondere Rolle. Ist es nicht derselbe Blitz, der, als Sie vierzehn Jahre alt waren, im Ferienlager vor Ihren Augen einen Freund getötet hat? Sie greifen übrigens dieses Drama in* Why Write? *wieder auf … Meine Frage ist einfach: Entspringen nicht alle Bücher der Vergangenheit?*

Ja, gewiß. Man behält eine große Zahl an Erinnerungen zurück, die zuweilen tief vergraben sind. Es ist der Schreibprozeß, der diese kleinen Erinnerungsstückchen an die Oberfläche fördert. Man ist sich dessen jedoch nicht bewußt. Man weiß nicht, woher sie kommen. Man kann sie nicht bündeln. Manchmal kann man ihren Weg nachvollziehen, bis zu den Wurzeln zurückverfolgen. Man braucht dabei viel Glück und genügend Material, das aus dieser Finsternis her-

ausgetreten ist. Der Schriftsteller entsteht aus diesen ver-
schütteten Quellen.

*Wie sieht Ihre Beziehung zu Amerika aus? Ihre Romane handeln
oft von einem Amerika, das sich um sich selbst, um seine eigenen
Wurzeln sorgt. In* Leviathan *wird zwar nicht die Freiheitsstatue
in die Luft gesprengt, aber doch zumindest ihre Nachbildungen ...*

Was mich an diesem Land fasziniert, das sind seine Widersprüche. Ein wunderbares Land, das das Gesicht des ganzen Erdballs verändert, das seinen Beitrag zu einer neuen
Vorstellung von Nation geleistet hat, mit seinen großartigen
Prinzipien, die eine Art Modell für die übrige Welt sind, und
das zugleich in vollkommener Heuchelei versinkt: eine
Gesellschaft, deren Fundament Rassismus und Sklaverei
sind. Ich beobachte dieses vor Energie strotzende Land genau, mit seiner bewundernswerten Freiheit und seinen so
deprimierenden Schwächen. Ich fühle mich einem ständigen Konflikt mit den Vereinigten Staaten ausgesetzt ... Da
bin ich nicht der einzige ... Die Vereinigten Staaten haben
nichts mit den anderen Ländern gemein; es ist ein erfunde-
ner, «entdeckter» Staat ... Frankreich wird von Franzosen
bewohnt, man stellt die Gültigkeit seiner Definition nicht
in Frage. Seit Amerika existiert, hört man hingegen nicht auf
zu fragen: «Was ist eigentlich Amerika? Was bedeutet es,
Amerikaner zu sein?» Es gibt keine amerikanische Rasse:
Wir kommen aus allen Himmelsrichtungen! Es ist eine
Debatte ohne Ende! Der Essay von Tocqueville, *Über die
Demokratie in Amerika* ist bis heute das bedeutendste Buch,
das jemals über die Vereinigten Staaten geschrieben worden
ist. Auch wenn es 1838 verfaßt worden ist, so enthält es Be-
obachtungen, die auch heute noch zutreffen. Dieses Konzept von Demokratie und Freiheit für alle ist ein wunderbarer Gedanke. Die Regeln der Demokratie anzunehmen ist

ein schwieriger Prozeß, der sich nicht von alleine vollzieht. Dieser Kampf zwischen dem Autoritarismus und wahrer Demokratie besteht in der Tat seit der Gründung der Vereinigten Staaten. Als ich jünger war, glaubte ich in meiner Naivität, daß alle sich diese Prinzipien zu eigen machen würden – welch Irrtum! Vor zwanzig Jahren haben die Amerikaner ein Experiment gemacht: Sie haben *The Declaration of Independance*, die Unabhängigkeitserklärung, unter dem Vorwand, es handele sich um eine Petition, die dringend unterschrieben werden müsse, in Form eines Flugblattes verteilt. Die überwältigende Mehrheit hat sich geweigert, dieses sonderbare Papier zu unterzeichnen, das alle für ein kommunistisches Propagandaflugblatt hielten! Erschreckend, nicht wahr? Unser Land erlebt heute einen gewaltigen Bruch: Die eine Hälfte Amerikas blickt auf die andere Hälfte. Die einen sind der Überzeugung, daß wir alle zusammen in der gleichen Gesellschaft leben, daß die einen für die anderen verantwortlich sind und daß es unsere Bürgerpflicht ist, hier unten die bestmögliche Welt für die größtmögliche Zahl an Menschen zu schaffen. Denen stehen die anderen gegenüber, die nicht in gesellschaftlichen Begriffen denken, sondern meinen, daß lediglich der einzelne zähle. Das Leben würde sich für diesen Clan demnach auf einen Kampf zwischen Siegern und Verlierern reduzieren. Wenn man gewinnt, um so besser. Wenn man verliert, schade drum. Das ist meiner Meinung nach der große Streit, der die heutige amerikanische Gesellschaft erschüttert. Eine besonders heikle Debatte.

So wie Peter Aaron in Leviathan *behauptet, Amerika habe seine Orientierung verloren?*

Ja, das wollte ich ausdrücken. Und daß Amerika ebenfalls sein großes und schönes Ideal verloren hat.

Nach der Hoffnung der sechziger Jahre gab es bereits die Enttäu-
schung mit Reagan und Bush, dann Clinton, und jetzt Colin
Powell, der glaubt, daß Ronald Reagan «ein wunderbarer Politi-
ker war, weil er eine Vision hatte». Versinkt Amerika in dem, was
Sie «debilen und triumphierenden Amerikanismus» nennen?

Der Machtzuwachs für die Rechte in den Vereinigten Staaten hat etwas Angsteinflößendes. Lesen Sie ihr Programm
genau: Es handelt sich hier um nicht mehr und nicht weniger als eine neue Form des Faschismus. Leider gibt es keine
Opposition, die diesen Namen verdienen würde, um sich
dem entgegenzustellen. Und das ist verhängnisvoll.

Man gewinnt den Eindruck, daß Amerika nicht mehr in der Lage
ist, sich anders zusammenzufinden als bei den Ablenkungen und
«Vergnügungen», im Pascalschen Sinne, die gekonnt von den Me-
dien inszeniert werden: Mord, Skandal, Rivalität zwischen Eis-
läuferinnen, der Simpson-Prozeß usw.

Ganz genau! Ich habe mich von Anfang an geweigert,
meine Zeit mit Skandalen zu vergeuden. Die Medien sind
heute in den Vereinigten Staaten so dominant, daß sie –
und da stellt sich die Frage, ob gewollt – die Aufmerksamkeit der Menschen auf etwas Belangloses lenken können. Seit mehreren Jahren hat eine Folge von Skandalen
systematisch die Aufmerksamkeit eines Landes bean-
sprucht, das so zersplittert, so aufgebrochen ist, daß es weder eine gemeinsame Geschichte noch eine gemeinsame
Sprache hat. Diese Skandale werden tatsächlich zum einzigen verbindenden, kommunikativen Element. Es gibt
keine Gemeinsamkeiten mehr, sondern eine gemeinsame
Teilnahme am Unternehmen Gehirnwäsche. Der Simpson-
Prozeß ist der traurige Höhepunkt dieser teuflischen Verkettung.

Sind all Ihre Bücher politisch? Kann man sich der Politik entzie-
hen?

Man entzieht sich der Politik nicht! Ich gehöre der ersten
Gruppe an, um auf das zurückzukommen, was ich vorhin
meinte – der, die glaubt, daß wir gemeinsam in einer Gesell-
schaft leben und daß wir alle solidarisch sind. In diesem
Sinne ist jedes Kunstwerk, bewußt oder unbewußt, in der
Tat eine politische Handlung.

Wir haben uns noch nicht über die Bücher unterhalten, die Sie lesen,
diese Bücher, die stören, entgleiten und dennoch bleiben. Kafka zum
Beispiel. Sie haben einmal gesagt: «Ich verstehe ihn nicht, es ist wie
ein Traum, ein Traum, der einem keine Ruhe läßt und sehr ernst-
hafte Gedanken über bestimmte Dinge auslöst.»

Ich lese keinen Kafka mehr. Doch Autoren, von denen man
beeindruckt war, die bleiben, das ist sicher. Hawthorne,
Whitman, Melville ... Cervantes, immer noch ... Shakespeare, der in meinen Augen das Vorbild bleibt ... Ich denke
oft an Kafka ... Ich kann mich an einige seiner Texte recht
gut erinnern. Ja, er steht für etwas, das ich in mir trage. In
Princeton habe ich meine Schüler Texte von Kafka erarbei-
ten lassen. Das ist fünf Jahre her, seitdem habe ich ihn nie
wieder gelesen.

An französischen Autoren erwähnen Sie Proust, doch vor allem
Pascal und Montaigne ...

Vor allem Montaigne. Was mich an ihm fasziniert, ist die
Tatsache, daß er der erste war, der sich ernsthaft mit seiner
Existenz als Schriftsteller auseinandersetzte. Er hat sich
wirklich erforscht. Er war von außergewöhnlicher geistiger
Offenheit. Er hatte den Mut, Abdriftungen zu folgen. Sich

in Montaigne zu vertiefen, ist, als lese man einen Autor der Gegenwart. Er ist sehr direkt und aufrichtig. Den Filter der Religion gibt es bei ihm nicht. Weder Mythologie noch Ideologie liegen zwischen ihm und seinen Themen. Montaigne war für mich eine echte Offenbarung. Er hat mich viel gelehrt. Ich denke weiterhin oft an Montaigne. Auch von ihm könnte ich behaupten, daß ich ihn in mir trage. Sicher, es gibt auch noch andere Autoren ...

Wie H. D. Thoreau, den Lieblingsschriftsteller von Benjamin Sachs, der erklärte, er sei in erster Linie Mensch und dann erst Amerikaner?

Thoreau ist vor allen Dingen ein ganz großer Stilist. Er verfügt über sehr viel Feingefühl, eine große mentale Energie. Er ist und bleibt in meinen Augen einer der besten englischsprachigen Prosaschriftsteller. Doch seine großartigen Gedanken, die vor allem in seinem Essay *Bürgerlicher Ungehorsam* gesammelt sind, sind von höchster Modernität. Sein großes Konzept, das des «inneren Widerstandes», ist um die Welt gegangen. Thoreau hat in entscheidender Weise Menschen wie Tolstoi, Gandhi (den es ohne ihn nicht gegeben hätte), Romain Rolland und vor allem die *Civil Rights Movement*, die Bürgerrechtsbewegung von Martin Luther King beeinflußt. Aus Widerstand gegen den Krieg, den die Vereinigten Staaten gegen Mexiko führten, weigerte er sich – zum Zeichen der Mißbilligung –, seine Steuern zu zahlen. Es wird überliefert, daß er, als man ihn ins Gefängnis geworfen hatte und Emerson, sein alter Meister, ihn besuchte, auf dessen Frage: «Henry, warum sind Sie hier?» geantwortet haben soll: «Warum sind Sie nicht hier?» Doch sein bedeutendstes Buch bleibt *Walden*, in dem er von der Erfahrung mit der Einsamkeit erzählt. Er war einer der ersten, die die Widersprüche des riesigen Landes, der Verei-

nigten Staaten, erkannt hat, eines Landes der Landwirt-
schaft, eines Landes der Farmen und Bauern, das die Indu-
strialisierung nach und nach verändert hat. Thoreau gefiel
nicht, was er sah. Diese Jahre zwischen 1850 und 1852, vor
dem Sezessionskrieg, in denen die Gesellschaft von der
Last ihrer Widersprüche förmlich zerquetscht wurde und in
Blut ertrank. Dieser Krieg, erinnern wir uns, hat mehr Tote
gefordert, als alle anderen Kriege zusammengenommen, die
die Vereinigten Staaten geführt haben. Der erste moderne
Krieg auf der Welt … Ein Industriekrieg. Thoreau war ein
großartiger Visionär, und das berührt mich so an ihm.

Wie sehen Sie die heutige amerikanische Literatur?

Ich meine, wir durchleben eine eher positive Phase. Wir haben viele bedeutende Schriftsteller und, was am wichtigsten
ist, jeder von ihnen hat eine besondere Ästhetik, die ihm gestattet, einen eigenen Weg zu gehen. Viele extrem verschiedene Ansätze, die leider von zu wenigen Lesern ausreichend
gewürdigt werden. Die Einwanderer beleben weiterhin die
amerikanische Literatur. Das ist ein soziologischer Aspekt,
den man nicht stillschweigend übergehen darf – auch wenn
er auf den ersten Blick weniger interessant erscheinen mag
als rein literarische Kriterien: Jeder Neuankömmling empfindet beim Betreten amerikanischen Bodens das Bedürfnis, seine Geschichte niederzuschreiben und von sich zu
erzählen, von der Entdeckung «seines» Amerika zu berichten. Er ist es sich schuldig, eine Geschichte zu interpretieren und zu erfinden, die ihm gestattet, die Gegenwart zu begreifen.

Der einzige Ankerpunkt von Nashe in Die Musik des Zufalls *ist
seine kleine Tochter, die von seiner Schwester aufgezogen wird und
die er regelmäßig besucht. In dem Interview, das auf* The Art of

Hunger *folgt, sagen Sie sehr wahre und anrührende Dinge über Ihre Kinder ... Ist Kindheit ein Thema, das Sie besonders bewegt?*

Ich fühle mich meiner eigenen Kindheit so nah ... Es gibt bei Joseph Joubert einen sehr schönen Satz, den ich 1983 übersetzt habe: «Es gibt die, die sich an ihre Kindheit erinnern, und die, die sich an die Schule erinnern.» Meine Erinnerungen an die Kindheit sind außergewöhnlich lebendig. Ich kann mich ganz genau an einige der Träume erinnern, die ich als kleiner Junge hatte. Die Tatsache, Vater geworden zu sein, hat mich sehr verändert. In gewisser Weise hat es einen Kreis geschlossen. Man könnte sagen, daß ich mich vor dieser Geburt als Mensch nicht vollständig gefühlt habe. Diese stark ausgeprägte Vorstellung, Teil einer Kontinuität zu werden, ist grundlegend. Es ist interessant, daß ich meine Romane erst schreiben konnte, als ich Vater geworden war. Vor Daniels Geburt hatte ich es nicht geschafft – all meinen Bemühungen zum Trotz. Ich glaube, daß es zwischen den beiden Dingen eine Verbindung geben muß. Außerdem ist das Kind eine der interessantesten Romanfiguren.

Welchen Platz räumen Sie in Ihrem Werk Frauen ein? Sind sie kreativ, dominant, beunruhigend, unberechenbar? Bringen sie Liebesopfer? Wecken sie Schriftsteller, die unter einem Pseudonym mitten in der Nacht Krimis schreiben? Sind sie warmherzig und rettend wie die wunderbare Kitty Wu in Mond über Manhattan?

Außer im *Land der letzten Dinge* sind die Protagonisten meiner Romane immer Männer. In *Leviathan* tauchen Frauen auf und spielen eine sehr wichtige Rolle. Ich kann mich an eine sehr aufschlußreiche – übrigens von einer Frau geschriebene – Kritik zur Verfilmung von *Die Musik des Zufalls* erinnern. Sie warf dieser Bearbeitung vor, den Blicken, die

die Frauen Nashe zuwerfen, nicht genug Raum gelassen zu haben. Diese Bemerkung ist entscheidend. In dem Buch wird Nashe von Frauen umringt: seiner Ehefrau, seiner Tochter, seiner Mutter, seiner Exfrau, seiner Freundin Fiona, die er heiraten will, Tiffany, der Prostituierten ... Es sind die Frauen, die Nashe am genauesten beschreiben. Eine Beschreibung, die man leicht auf die Gesamtheit des männlichen Geschlechts ausweiten könnte.

Ohne von Motiven sprechen zu wollen, gibt es in Ihrem Werk doch bestimmte Strömungen: den Tod etwa ... Er erwartet uns alle. Er ist unerbittlich. Ihre Figuren weichen ihm nicht aus. Spielen sie Schach mit ihm, wie der Ritter im Siebenten Siegel *von Ingmar Bergman?*

Ein Großteil meiner Arbeit gründet auf der Konfrontation mit dieser Frage. Es geht für mich nicht einmal darum, den Tod zu akzeptieren, sondern ihn zu fühlen, ihn in die unwesentlichsten Gesten des Alltags eindringen zu lassen. Letztens mußte ich an Montaigne denken, der in seiner Jugend behauptete, das Ziel des Philosophierens sei, sterben zu lernen. Mit zunehmendem Alter hat er sich widerrufen: «Das wahre Ziel des Philosophierens ist leben lernen.» Natürlich handelt es sich um ein und dieselbe Sache, doch der Ansatz ist ein anderer. Ich meine, daß ich zunehmend diesem zweiten Ansatz zugeneigt bin ... Ja, ich glaube schon ... Wenn man schon so lange gelebt hat wie ich, ist der Tod vielleicht nicht mehr ganz so angsteinflößend wie mit zwanzig! Mit fünfzig Jahren ist es nicht mehr das gleiche ... Ich weiß nicht ... Es sind Spekulationen ... Wir werden sehen ... Doch es ist ein Gedanke, der mir gestern oder vorgestern gekommen ist ... Da liegen Sie mit Ihrer Frage gerade richtig! *(Lachen.)*

Sind die großen Spiegelbauten in Stadt aus Glas, die jederzeit ka-
puttgehen können, da, um den Eindruck von Zerbrechlichkeit – der
des Lebens – zu vermitteln?

Das Leben ist sehr prekär ... Alles kann sich von einem
Augenblick zum anderen verändern. Dieses Gefühl, daß das
Leben zerbrechlich ist, verfolgt mich unentwegt. Es vermittelt zugleich eine große Freude – die, zu leben –, doch auch
eine riesige Furcht: Man kann die Menschen, die man liebt,
so leicht verlieren.

Kommt diese Zerbrechlichkeit nicht etwa von der Feststellung, die
sich durch das ganze Werk von Dostojewski zieht: Der Mensch sei
ein Mensch ohne Gott?

Im Grunde werfen all meine Bücher Glaubensfragen auf.
Sie sind nicht «religiös», doch sie kommen einer Sache, die
mit Religion zu tun hat, sehr nahe. Das Wesen des Geistes
beschäftigt mich am meisten. Ich bin dessen sicher. Es ist
wirklich der Motor, der mich antreibt ...

Und Humor?

Wissen Sie, Humor ist ein kulturelles Problem. Gestern
habe ich mit meiner Schwägerin und meinem Schwager zu
Abend gegessen. Siris Schwester, die fünf Jahre lang in Paris
gelebt hat und dieser Sprache vollkommen mächtig ist, bemerkte, daß in Frankreich sogar bei richtig zwerchfell-
erschütternden Szenen eines Films der Marx Brothers das
Publikum schweigt. Die Franzosen nehmen alles dermaßen
ernst ... Sie erzählte, sie habe so laut gelacht, daß die Leute
neben ihr sie aufgefordert hätten, still zu sein! Die Englän-
der brüllen vor Lachen, wenn sie Beckett lesen oder hören;
was man von den Franzosen nicht so recht behaupten kann.

Ohne Zweifel handelt es sich hierbei um kulturelle Unterschiede ... Ich war diesen Sommer in Frankreich, der Verlag *Actes Sud* und die Filmproduktionsfirma *Pyramides* hatten freundlicherweise eine Vorführung von *Smoke* organisiert, damit ich die Untertitel auf ihre Richtigkeit überprüfe. Es waren etwa sechzig Zuschauer da. Niemand lachte! Nach der Vorführung haben mir sehr viele gesagt, wie gut ihnen der Film gefallen hätte und wie lustig er zwischendrin gewesen sei! Ich hatte von alledem nichts gemerkt ... Doch die Franzosen lachen nicht «lauthals», wie man es in den Vereinigten Staaten tut.

Was für eine Beziehung haben Sie zum Kino?

Als ich noch ganz jung war, war ich ein passionierter Kinoliebhaber. Ich habe eine Menge Filme gesehen. Irgendwann hat das Interesse dann nachgelassen. Ich war dem Kino gegenüber nicht negativ eingestellt, es zog mich einfach weniger an. In den vergangenen Jahren wurde ich, wie Sie wissen, auf eine Reise durch die Welt des Kinos mitgenommen – Philipe Haas hat 1993 *Die Musik des Zufalls* verfilmt, und ich habe zwei Filme mit dem Regisseur Wayne Wang gedreht – und habe auch durchaus eine gewisse Freude daran gefunden. Ich sitze jedoch lieber hier, in meinem Arbeitszimmer, und schreibe an einem Buch. Vielleicht wird mich eines Tages eine neue Erfahrung als Drehbuchautor reizen ... Ich weiß es nicht ... Man kann es nie vorhersagen ... *Smoke* ist zu neunundneunzig Prozent etwas Neues. *Auggie Wrens Weihnachtsgeschichte* war der Auslöser, durch den die Begegnung mit Wayne Wang zustande gekommen ist, und in *Smoke* wird das Märchen erst am Schluß erzählt. Dieses Drehbuch, das durchgehend echt ist, hätte jedoch niemals das Gerüst für ein Buch werden können. Die Geschichte wurde für das Kino geschrieben. Da Sie das

Buch gelesen haben, konnten Sie feststellen, daß der Text länger war als der Film. Wir mußten in dem Drehbuch viel kürzen ...

Dieses Drehbuch fügt sich jedoch nahtlos in Ihr Werk. Man findet darin Ihre Welt wieder, Ihre Leidenschaften ...

Ja, natürlich. Es ist ein Teil meiner Arbeit. Ich habe das Schreiben dieses Drehbuches sehr ernst genommen, auch wenn es eine etwas leichtere Geschichte ist als die, die normalerweise die Substanz meiner Bücher ausmachen. Ich wollte etwas ganz Einfaches machen, über die alltäglichsten Leute. Doch *Smoke* ist ein ziemlich optimistischer Film. Sicher, man begegnet darin Menschen, die etwas verängstigt, verloren sind, viele Probleme haben ... Wie im Leben ... Doch die Umstände sind so, daß jede Figur versucht, der anderen das, was sie an ihr für das Beste hält, zu entlocken. Und das ist durchaus möglich, das passiert, es ist keine Erfindung des Schriftstellers! Es handelt sich einfach um eine bestimmte Herangehensweise an Dinge und Menschen. Wayne und ich haben lange über diese Frage gesprochen, und das schon zu Beginn des Projektes. Was wollten wir machen? Ich bestand sofort auf einem in meinen Augen grundlegenden Aspekt: Ich wollte keinen zynischen Film machen. Fast alle Filme, die heute verbreitet werden, vor allem in den Vereinigten Staaten, sind zynische Filme. Zynismus ist eine Reaktion unserer Zeit, ebenso falsch wie der scheinheilige Sentimentalismus der Viktorianischen Zeit! Heute lachen wir darüber, so wie man in hundert Jahren über den ganzen Zynismus am Ende des 20. Jahrhunderts lachen wird. Der Zynismus, so wie sein Gegenstück, der Sentimentalismus, machen beide nicht das Leben aus. Ich glaube, daß die Menschen in ihrem Innersten nicht zynisch sind. Dieser Aspekt war also ein Teil der Hoffnungen, die wir von Anfang an in unser Projekt setzten: Der Film durfte nicht zynisch werden. Meine Bücher sind übrigens niemals zynisch: Sie sind voller Hoffnung. Es ist zu einfach, zynisch zu sein. Ich bemühe mich, Zynismus zu vermeiden ...

Waren Sie von dem Erfolg des Films überrascht?

Wir hatten überhaupt keine Ahnung, wie der Film aufgenommen werden würde. Sein Erfolg war bescheiden, denn es handelt sich um einen Film mit geringem Budget, doch viel größer, als wir es uns vorgestellt hatten. Daß er immer noch gezeigt wird, beruht meiner Meinung nach eben auf der Tatsache, daß er keinen Zynismus enthält. Genau das haben die Zuschauer gelobt.

Man meint, die beiden Filme würden sich ergänzen. Es sei unbedingt notwendig, sowohl Smoke *als auch* Blue in the Face *zu sehen ... Hat jeder von ihnen eine eigene Struktur?*

Ja. Der Aufbau von *Smoke* ist recht seltsam, denn das letzte Stück, *Auggie Wrens Weihnachtsgeschichte*, die von Harvey Keitel erzählt wird, hat sonst nichts mit dem übrigen Film zu tun, zumindest nicht mit den Einstellungen, die vor der Erzählung kommen. Sie ist keine Schlußfolgerung. Als Auggie die Geschichte erzählt, beginnt er etwas Neues. Ich mag es, wenn die Dinge sich öffnen, nicht wenn sie sich schließen. Was den zweiten Film angeht, *Blue in the Face*, so ist er vor allen Dingen ein Spiel der Phantasie. Sechs Tage lang hatten die Schauspieler Spaß, und dann haben wir die kleinen Elemente «zusammengeflickt». Man hat eine Art interessantes Panorama geschaffen. Das Ergebnis ist leichtfüßig, verspielt. Nichts war geplant. Doch niemand hatte Lust, nach *Smoke* auseinanderzugehen. Diese Unvorhersehbarkeit hat mich in eine neue Richtung gestoßen. Ich mußte etwas gänzlich anderes machen als das, woran ich gewöhnt war, und das hat mich Unfug treiben lassen. Im Kino birgt jeder aufgehende Tag eine neue Krise. Es gibt viele Spannungen, Augenblicke höchster Präzision. Im Grunde hat mir diese Erfahrung gestattet, eine gewisse Entspannung zu erreichen, sie hat dazu beigetragen, daß ich die Mißgeschicke besser akzeptieren konnte. Im Kino geschehen Tag für Tag furchtbare Dinge; man muß sehr ruhig bleiben, und zwar immer ... Und außergewöhnlich geduldig sein.

Blue in the Face weist eine bemerkenswerte Besetzung auf: Lou Reed, Harvey Keitel, Giancarlo Esposito, Jim Jarmusch, Madonna ... Aber da ist auch Brooklyn. Ist es eine Hommage an diese Stadt?

Natürlich! Zunächst beschloß ich, hierherzuziehen, auf die andere Seite des East River, weil die Wohnungen billiger waren als in Manhattan. Ich wohne jetzt seit sechzehn Jahren in Brooklyn. Vor drei Jahren haben Siri und ich entschieden, wegzuziehen. Wir wohnten damals zu viert in einer Wohnung, die zu klein geworden war. Ich habe sie gefragt, ob sie wieder nach Manhattan ziehen wollte. Ich war für alles offen, denn ich wußte, wie schwer es ihr gefallen war, sich hier niederzulassen. Sie, die noch nie einen Fuß nach Brooklyn gesetzt hatte, bevor sie mich traf, sie war entsetzt, als sie mich hier zum ersten Mal besuchen sollte. Sie antwortete, daß sie lieber hierbleiben würde ... Ich mag dieses Viertel. Mit all seinen Sprachen und all seinen Kulturen. Es ist ruhig und es nimmt sich nicht wichtig. Ja, diese beiden Filme sind eine Hommage an Brooklyn und an alles, was dieses Viertel für mich bedeutet.

Möchten Sie über das Buch sprechen, an dem Sie gerade sitzen?

Nein, lieber nicht. Es ist gefährlich, von Dingen zu sprechen, die noch nicht fertig sind. Ich könnte morgen wiederkommen, das Buch schlecht finden und alles hinwerfen ...

Anna Blume verbrennt zum Schluß ihre Bücher ...

Ich verbrenne keine Bücher. Dazu respektiere ich sie zu sehr. Ich liebe sie ...

Die Stadtbücherei von New York hat gerade all Ihre Manuskripte gekauft, die nun neben denen von Charles Dickens liegen, von Mark Twain, Vladimir Nabokov, Henry Miller ... Ist das wichtig, extravagant, nützlich?

Praktisch! *(Lachen.)* Aus irgendeinem Grund habe ich immer meine Manuskripte aufbewahrt, meine Papiere, Briefe, alle Sorten von Dingen, die sich in Kartons ansammeln, die ich anschließend übrigens nie wieder öffne ... Ich bringe es nicht über mich, sie wegzuwerfen ... Ich kann es einfach nicht ... Es war also alles hier, schön aufgestapelt und in alte Kartons gepfercht. Und dann, eines Tages, hat mich ein Manuskripthändler angerufen und fragte, ob ich nicht meine Papiere verkaufen wollte. Ich fand das etwas ausgefallen und ich habe ihm geantwortet, daß ich noch nicht tot sei, daß ich noch keine Zeit gefunden hätte, über meine Erbfolge nachzudenken ... *(Lachen.)* «Nein? Dann können Sie das jetzt machen ...», entgegnete er mir. Im Grunde war das keine schlechte Idee: Ich wurde meine alten Papiere los, die man an einen sicheren Ort legen und beschützen würde, und man wollte sie mir überdies noch abkaufen! Unter uns gesagt war es keine schwere Entscheidung ... Es hat gar nichts verändert: Ich schreibe weiter und häufe weiter meine neuen Papiere in neuen Kartons an ...

New York, Mai 1996

« Ein Notizbuch ist eine Art Zuhause für Worte. »

Die Freiheitsstatue haben Sie im Sommer 1953 bei einem denkwür-
digen Ausflug mit Ihrer Mutter nach Liberty Island entdeckt. Wel-
che Erinnerung haben Sie an jenen Tag?

Die Episode, die in *Leviathan* erzählt wird, ist genau das,
was man als eine «wahre Geschichte» bezeichnen würde.
Ich war damals sechs Jahre alt. Ich bin seither nie wieder
nach Liberty Island gefahren. Am besten kann ich mich
daran erinnern, wie ich die Treppe auf dem Hintern herun-
terrutschte, Stufe um Stufe. Dieser Kampf, auf dem Hosenboden, und meine Mutter, der plötzlich schwindelig geworden war. Die Freiheitsstatue, die doch voller Symbolik
steckt, rückte in den Hintergrund. Dieses Beispiel ist bezeichnend für meine Arbeitsweise. Ich recherchiere nur
sehr wenig. Ich lege keinen großen Wert darauf, um jeden
Preis Erlebtes zu rekonstruieren. Meine Bücher entstam-
men der Phantasie. Ich verfasse niemals Reportagen.

In dieser Passage über die Freiheitsstatue findet man, wie an meh-
reren anderen Stellen in Ihrem Werk, eindrucksvolle Beschreibun-
gen von Gewässern. Das Meer, der Fluß, sind sie in New York all-
gegenwärtig?

Ich habe ja des öfteren die Fähre von Staten Island aus genommen ... Nach meiner Rückkehr aus Frankreich, im Jahr
1974, habe ich zwei Jahre lang am Riverside Drive gewohnt,
in einer Wohnung, die im obersten Stock eines Gebäudes
lag, das zum Hudson River hinausging. Die Aussicht war
wundervoll. Ich habe einen sehr prägnanten Flußkreislauf
entdeckt. Wenn man durch die Straßen läuft, wird einem
nicht bewußt, daß New York eine von Wasser umgebene

Stadt ist. Es genügt jedoch, etwas höher zu steigen, um es sofort festzustellen. Tag für Tag sah ich all diese Schiffe kommen und gehen, und das hat mein Stadtbild bedeutend verändert.

Ihre Schilderungen von New York sind voller Anspielungen auf das Wasser ... Henry James beschreibt in The American Scene *die Schönheit des Lichtes und der Luft, die unendliche Weite des Raums, die offenen Tore des Hudson. Die Stadt New York ist an einem der größten natürlichen Häfen erbaut, die es überhaupt gibt.*

Von der Upper West Side, die im 19. Jahrhundert noch nicht das war, was man heute als «Viertel» bezeichnen würde, konnte man eine Fähre nehmen, die einen bis in den Süden von Manhattan brachte. Damals gab es weder U-Bahn noch Busse. Man reiste viel mit dem Boot. Sie kennen doch das berühmte Gedicht von Whitman: *Crossing Brooklyn Ferry*. Es ist nichts anderes als ein langes episches Gedicht über die vielen Männer und Frauen, die den Fluß überquerten, bevor die Brücke von Brooklyn gebaut wurde.

«Ah, what can ever be more stately and admirable to me than mast-hemm'd Manhattan?» * *schreibt er ...*

Genau. Es ist eines der schönsten Gedichte der amerikanischen Literatur.

Ihre Figuren verkehren zuweilen in Little Italy und in Chinatown. Sie wohnen nicht in diesen Vierteln, sie belassen es dabei, da durchzulaufen ... Barber etwa lädt Kitty und Fogg in ein Restaurant von Chinatown ein.

* «Ach, was könnte es in meinen Augen Mächtigeres und Herrlicheres geben als Manhattan, von lauter Masten umgeben?»

Little Italy ist ein Viertel, das im Laufe der Jahre ge-
schrumpft ist. Im Gegensatz dazu hat sich Chinatown entwickelt. Ich habe nicht viel Zeit in Chinatown verbracht. So
um 1969 mußte ich aus meiner Wohnung raus, und ein
Freund hat mich einige Wochen lang in einem Loft zwischen Chatham Square und der Manhattan Bridge aufgenommen. Meine Erfahrungen mit diesem Viertel beschrän-
ken sich also auf eine kurze Zeitspanne ...

*Ist es etwa der staubige Loft am East Broadway, den Kitty und
Fogg in* Mond über Manhattan *für weniger als dreihundert Dollar im Monat gemietet haben?*

Genau.

In Mond über Manhattan *schreiben Sie auch, daß Chinatown
für Fogg wie ein fremdes Land war und daß er sich jedesmal, wenn
er sein Haus verließ, völlig verloren und verwirrt fühlte.*

Genauso fühlte ich mich auch. Eine mitten aus dem Leben
gegriffene Aussage. Vor kurzem habe ich dank *Smoke* und
Blue in the Face Chinatown wiederentdeckt ... Da sich die
Produktionsbüros in diesem Teil Manhattans befinden, be-
gaben sich Wayne Wang und ich häufig dorthin. Dort, wo
Little Italy, Soho und Chinatown aufeinandertreffen, genau
an der Rue Lafayette. Wir sind sehr oft in die Chinarestau-
rants des Viertels gegangen. Wayne bestellte auf chinesisch,
und das war für mich eine ebenso neue wie faszinierende
Erfahrung.

In Mond über Manhattan *mietet Barber, der das New Yorker Leben «erkunden» will, eine Wohnung in der 10th Avenue, zwischen
der 5th und der 6th Avenue ...*

Es handelt sich auch hierbei um einen persönlichen Bezug, und zwar aus der Zeit, als ich auf der Suche nach einer neuen Wohnung war. Ich hatte einige Wochen lang bei einem Freund gewohnt, in einem Zimmer, dessen Fenster zur 10th Avenue hinausging. Es war ein *brownstone*-Haus. *Brownstones* sind ein «typisches» Element des alten New York. Ich habe zufällig in vielen davon gewohnt, und so finden sich auch viele *brownstones* in meinen Büchern. Diese alten Gebäude kontrastieren mit den neuen gleißenden Hochhäusern. Ich habe Greenwich Village als einen sehr angenehmen Ort in Erinnerung behalten.

Bleiben wir, wenn es Ihnen recht ist, im Village ... Einer der berühmten Anlaufpunkte ist weiterhin die White Horse Tavern. *Fogg besäuft sich dort im Zimmer und geht auch mit Barber hin ...*

Als ich jünger war, ging ich ab und zu in die *White Horse Tavern*. Ich fand daran nichts wirklich Besonderes. Diese Bar, die bereits seit langem existierte, war Teil meiner persönlichen «Landschaft». Es war eine Art Treffpunkt, ein Sammelpunkt. Wir kannten sie alle. Dylan Thomas hatte die Bar seinerzeit besucht.*

Sie erwähnen oft das rote Backsteingebäude in der Varick Street Nr. 6 ... In Die Erfindung der Einsamkeit *zieht der Erzähler zu Beginn des Frühjahrs 1979 dort ein. In* Mond über Manhattan *begegnet Fogg Zimmer, den er seit dreizehn Jahren nicht gesehen hat, an der Ecke Varick Street und Broadway. In* Leviathan *hat Peter Aaron dort ein Zimmer, unweit des Loft in der Duane Street, wo Maria Turner wohnt. Welche Bedeutung hat dieser Ort für Sie?*

* Dylan Thomas starb 1953.

Ich habe dort sehr wichtige, lehrreiche Dinge erlebt. Ich fühle mich eng verbunden mit diesem Ort, der sich heute von Grund auf verändert hat und von großen, strahlenden und teuren Lofts ersetzt wurde. Damals waren die Wohnungen schäbig. Von alledem ging ein Hauch von Armut und Elend aus. Ich habe 1979 mehrere Monate lang dort gelebt. Eben in der Varick Street Nr. 6 habe ich in diesem winzigen Zimmer den größten Teil des *Buches der Erinnerung* geschrieben. Es war furchtbar. Das totale Elend. Ich zahlte hundert Dollar Miete im Monat. Hundert Dollar! Es hatte natürlich kein Bad. Was die Toiletten betrifft, so mußte man ins Treppenhaus gehen, und alle benutzten sie. Es war furchtbar.

Ist die Varick Street Nr. 6 ein Einzelfall in Ihrer Romanwelt? Oder sind andere Orte ähnlich an Leben und Werk gebunden?

Die Orte zählen nicht, bis auf diesen einen, die Varick Street Nr. 6: Der Ort wurde auch Teil des Buches. Ohne die Erfahrung mit diesem Zimmer hätte ich etwas vollkommen anderes geschrieben. Es ist aber dieser Ort, an dem die Idee zum Buch geboren ist. Und dennoch haben die Orte keine wirkliche Bedeutung. So habe ich zum Beispiel auch nie gemeint, ein New Yorker Schriftsteller zu sein. Ich beschreibe niemals das Leben, das man in New York führt. New York ist nicht mehr als ein Schauplatz, an dem Dinge geschehen. Das ist bei Dickens ganz anders: Von ihm kann man behaupten, daß er ein Londoner Schriftsteller ist, daß er Londons Chronist ist.

Einige Ihrer Romane spielen ja gar nicht in New York. Bitte erzählen Sie mir von den Parks. Die Parks, diese unterdrückte Natur, nehmen in Ihrer Welt einen bedeutenden Platz ein, vor allem der typischste Park von New York: Central Park. Fogg meint, der Park biete ihm die Gelegenheit, sein Innenleben wiederzufinden ...

Sich in einen Park zu begeben ist ein wenig, wie aufs Land zu fahren, nur mitten in der Stadt. Welche Funktion hat ein Stadtpark? Unstreitig, das Stadtleben zu bereichern. In einem Park ruht man sich aus, man nimmt Kontakt mit der Natur auf. Alles darin ist «künstlich», doch vor allem gepflanzt, geplant, instand gehalten, damit dieser Eindruck von Unmittelbarkeit entsteht. Diese «unterdrückte Natur», wie ich sie in *Mond über Manhattan* beschreibe, ist eine gute Sache. Die Menschen nutzen gern die New Yorker Parks, sie sind immer voll. Der Park ist eine Art Ventil.

Ihre Figuren machen dort grundlegende Erfahrungen, versuchen sich selbst zu begreifen, zu erkennen. Man wird dort auch leicht zum Stadtstreicher ...

In *Mond über Manhattan* vor allem ... Ich habe in einer Biographie über Edgar Allan Poe gelesen, daß er, als er in der Nähe von Mont Tom wohnte, gern den Hudson River von diesem kleinen Hügel aus betrachtete. Doch damals gab es den Riverside Park noch nicht. Der Park ist nicht nur ein Ort der Erholung. Fogg entdeckt sich selbst darin. Wo soll er wohnen? Das ist die Frage, die er sich stellt. Als er keine Antwort darauf findet, beschließt er, für einige Wochen im Central Park zu leben. Diese Entscheidung wird aus Verzweiflung und aus der Not heraus gefällt.

Gehen Sie selbst auch in Parks?

Nicht sehr oft. Ab und zu spaziere ich mit meiner Tochter und meinem Hund, Jack, durch den Prospect Park in Brooklyn.

Ein Park könnte ohne seinen Gegensatz, der ihn gleichzeitig bedingt, nicht existieren: die Straßen. Anna Blume behauptet, daß es

überall welche gibt, aber keine zwei, die sich gleichen. In Hinter
verschlossenen Türen *heißt es, daß die New Yorker Straßen
«chaotisch» seien, und Fogg durchwandert sie in der Gewißheit,
daß man dort eine natürliche, vielleicht notwendige Form der
Gleichgültigkeit anderen gegenüber findet.*

In Frankreich gibt es eine Tradition des Blickes: Man betrachtet einander, man beäugt sich. Wenn ich in Frankreich
in einem Café sitze, beobachte ich gern, wie die Menschen
einander ansehen. Es ist ein wahres Schauspiel. Die Amerikaner im allgemeinen, und die New Yorker insbesondere,
machen das nicht. In Paris ist alles homogener. Man teilt
dieselben Ansichten, dieselben Gesten, dieselben Gedanken. Hier ist alles so diffus, vielfältig, daß man sich nicht
wirklich für die anderen interessiert. Es herrscht in New
York so etwas wie ein merkwürdiges Gefühl der Angst.
Man will sich vor allen Dingen nicht in die Angelegenhei-
ten des anderen einmischen, nicht in sein Gebiet eindringen.

In Kapitel 7 von Stadt aus Glas *spricht Quinn, als er Stillman be-
schattet, einen geheimnisvollen Satz aus, den ich sehr schön finde:
«Er ging also durch den Bahnhof, als befände er sich im Körper
Paul Austers ...» Grand Central Station kann man weder zu den
Straßen noch zu den Parks zählen. Was für eine Bedeutung hat die-
ser Bahnhof? Warum geht man dorthin?*

Quinn kommt dieser Gedanke an einer ganz bestimmten
Stelle. Es ist eine Art Pause. Er wartet. Er weiß nicht, was
kommen wird. Er läßt seinen Geist schweifen. Grand Central Station ist ein interessanter Ort, ganz anders als ein
Bahnhof, wie man ihn in Paris finden kann. Er ist auf eine
ganz andere Weise gebaut, und das Leben darin ist auch ein
anderes. Ein ganzes gutorganisiertes Volk lebt heute in New

Yorker Bahnhöfen. Die Obdachlosen haben eine sonderbare Gesellschaftsform entwickelt, die sich in den Tunneln entfaltet. Dieses Phänomen hat übrigens ein Buch hervorgebracht: *Tunnel People*. Grand Central Station ist ein Bahnhof, der die Vororte bedient und der in *Stadt aus Glas* ein Ort des inneren Geschehens wird. Tatsache ist: Grand Central Station eignet sich nicht für Reiseträume und Fluchtphantasien.

Wir erwähnten vorhin die White Horse Tavern *in Greenwich Village. Es gibt eine andere Bar, W 44*[th] *Street Nr. 59:* Algonquin. *Blue folgt Black dorthin (in* Schlagschatten*). Sie erwähnen die Lobby des* Algonquin, *doch auch den kleinen Saal links: die* Blue Bar...

Die Szene, auf die Sie anspielen, findet in der Lobby des *Algonquin* statt, doch es machte mir Spaß, die Figur, die Blue heißt, mit der angrenzenden Blue Bar in Verbindung zu bringen. *Algonquin* hat glanzvolle Zeiten erlebt und wurde sogar als ein hochliterarischer Treffpunkt gehandelt. Was man eben ein «Literaturcafé» nennt. Es ist amüsant zu beobachten, wie sich diese Tradition fortsetzt. Ich suche es nur selten auf. Ich habe einige Interviews dort gemacht, vor allem mit Ariel Dorfmann für das Kanadische Fernsehen. Ein ganzes Saisonprogramm in zwei Tagen aufgenommen, eins nach dem anderen, wie beim Friseur ... Ich habe auch an einer Radiosendung mitgewirkt, die an einem Sonntag aufgezeichnet wurde. Es ist etwa zehn Jahre her, da war *Stadt aus Glas* für den Edgar Award nominiert. Mein Verleger aus Los Angeles, Douglas Messerri, kam nach New York und lud uns nach dem Abendessen alle auf ein Glas ins *Algonquin* ein. Ich trug mein einziges gutes Sakko und meine einzige vorzeigbare Krawatte ... Das Ereignis verlangte nach Champagner. Der Kellner kam mit einer Flasche und hat sie so ungelenk entkorkt, daß sich der Inhalt wie aus einem Gartenschlauch über meine armen Klamotten ergoß! Ich war von Kopf bis Fuß durchnäßt. Das war meine literarische Taufe ... Wie bei einem Schiff ...

An der Scheibe der Blue Bar *sieht man zwei Indianer, die mit einem Kanu paddeln. Zwei Algonquins, wie die, die für lumpige vierundzwanzig Dollar die Insel Manhattan an Peter Minuit verkauft haben. Sie schreiben in* Mond über Manhattan: «*Ich begann plötzlich von Indianern zu träumen. Es war vor 350 Jahren, und ich sah mich einer Gruppe halbnackter Männer durch die Wälder von Manhattan folgen ...» Was die Gemälde von Ralph Albert Blakelock angeht, die Fogg sich – wie Effing ihm empfiehlt – im Museum von Brooklyn ansehen soll, so scheinen sie den Westen und all seine natürlichen Bewohner in einem einzigen Symbol zu erfassen: dem der Harmonie der ersten Tage. Sie erwähnen die Indianer selten, doch ich habe den Eindruck, daß dieses Thema Ihnen sehr wichtig ist.*

Ja, das stimmt. Man vergißt leicht, was New York vor gar nicht allzu langer Zeit gewesen ist: wilde Natur, von Indianern bewohnt. Innerhalb von dreihundert Jahren hat sich dieses Gleichgewicht völlig verlagert. Der Indianer verkörpert viele Dinge auf einmal. An erster Stelle steht für mich natürlich die Behandlung, die sie unter den Weißen, die hergekommen sind, haben erleiden müssen. Diese Gegend war ihr Land, sie bewohnten es seit Tausenden von Jahren. Eine der Formen amerikanischer Heuchelei besteht darin, zu vergessen, daß dieses große Land der Freiheiten – auch wenn es heute immer noch weltweit einer der Wegbereiter der Freiheit bleibt – auf der Ausrottung eines Volkes und der Versklavung eines anderen gegründet und erbaut worden ist. Diese traurige Geschichte der Beziehungen zwischen den Weißen und den Indianern ist ein Kreuz, das jeder

Amerikaner auf seinen Schultern trägt. Man darf dieses Drama niemals vergessen. Nach indianischer Tradition gehört die Erde niemandem, der Begriff des Eigentums existiert nicht. Es ist nicht der Mensch, der entscheidet, der Eigentum einfriedet: Die Erde ist ein Geschenk der Götter. Diese Denkweise, die im völligen Widerspruch zu der der Weißen steht, machte jede Kommunikation unmöglich. Es handelt sich um zwei entgegengesetzte Welten, zwei grundverschiedene Vorstellungen von der Welt, von menschlichen Beziehungen und Werten. Doch wir kennen das alle …

Welches Bild hatten Sie als Kind von den Indianern?

Das Wissen um die Welt der Indianer wurde mir, wie der Mehrzahl der Kinder, durch Western vermittelt, also verzerrt. Wenn man den Filmen glaubt, waren die Indianer blutrünstige Wilde oder absolute Primitive. Wenn wir spielten, waren wir eher Cowboys. Kein Kind will der Indianer sein. Das Kind identifiziert sich mit dem Helden, und der Held ist im Film immer ein Weißer. Ich spreche von Filmen, die den Zuschauern meiner Generation gezeigt wurden und die alle sehr rassistisch waren. Ich kann mich an eine Serie erinnern, die im Fernsehen lief: *The Lone Ranger*. Immer in Begleitung seines treuen Tonto, trug er eine Maske, und niemand wußte, wer er war. Auf seinem Pferd Silver reitend, verteidigte er Witwen und Waisen und durchstreifte den Westen, wobei er Taten vollbrachte, die einander an Vorbildcharakter und Selbstlosigkeit übertrafen. Tonto, der Indianer, nannte The Lone Ranger *quimosabe*, was in seiner «Sprache» wohl «Freund» heißen sollte.

Ist das die Radioserie, von der die ersten Folgen 1933 ausgestrahlt wurden, die dann im Jahr 1949 fürs Fernsehen adaptiert wurde und bis 1965 gelaufen ist?

Ja. Genau. Jedesmal wenn The Lone Ranger zu einer neuen Mission aufbrach, schenkte er einem glücklichen Auserwählten eine Stange Geld, der es seinen verblüfften Bekannten zeigte. «Wer hat dir das ganze Geld gegeben?» – «Ich weiß nicht ... ein maskierter Reiter ...» Darauf sagte jemand: «Es ist The Lone Ranger!» In dem Augenblick vernahm man stets die gleiche Musik: Die «Ouvertüre» aus *Wilhelm Tell*... Unterdessen rief der maskierte Reiter seinem Pferd «Hey ho, Silver!» zu. Einer der witzigsten Momente, an den ich mich erinnere und der mir wirklich eine neue Sichtweise eröffnet hat – ich muß so ungefähr zehn gewesen sein –, war die Lektüre von *Mad Magazine*, einem sehr sarkastischen, bissig satirischen Monatsheft. Es war für meine Generation eine wahre Offenbarung. Die Rubrik, die dem Fernsehen gewidmet war, war wunderbar. Man sah dort The Lone Ranger und Tonto von Indianern umzingelt ... «Tonto, wir sind umzingelt!» sagte The Lone Ranger, und Tonto antwortete: «Was meinen Sie mit *wir*?» *(«What do you mean* we?») Es war einfach herrlich, ganz berüchtigt, jeder kannte diesen Witz.

Der Broadway ist die einzige Avenue, die die strenge Geometrie Manhattans durchbricht, jene berühmte Quaderreihung der zweitausendachtundzwanzig Blocks, denn er zeichnet einen alten Indianerpfad nach. Es ist eine ungemein bewegende Vorstellung.

Nick Cohen hat vor einigen Jahren ein bemerkenswertes Buch über den Broadway veröffentlicht, die lange Promenade, die in Lower Manhattan beginnt und den Norden der Bronx erreicht. Ein sehr langer Weg. Der einzige noch erhaltene Weg aus der tiefen Vergangenheit Manhattans.

Zwischen dem Städtchen Millbrook, wo er Pozzi entdeckt, und dem Haus von Stone und Flower in Ockham in Pennsylvania, legt

Nashe eine symbolische Pause in New York ein, in einem der renom-
miertesten Hotels der Stadt. Man erfährt, daß Pozzi einst mit sei-
nem Vater dort gewesen war ... Handelt es sich hierbei ebenfalls um
eine Kindheitserinnerung?

Nein. Ich war als Kind niemals im *Plaza*, erst später. Ich
habe meine Hochzeitsnacht mit Siri dort verbracht. Das
Plaza ist ein altes Luxushotel. Im Buch will Nashe Pozzi
beeindrucken. Das *Plaza*, das vielleicht nicht einmal das lu-
xuriöseste New Yorker Hotel ist, ist zumindest Symbol für
Luxus. Wie das *Ritz* in Paris. Doch die Wohnung meiner
Großeltern lag nicht weit entfernt ... Der Columbus Circle
gehört zum selben Block, 59th Street 5th Avenue, vor dem
Central Park South. Wir gingen sehr oft an diesem Aushän-
geschild des New Yorker Lebens vorbei. Nashe und Pozzi
geben also einen Teil ihres Geldes an diesem Geld und Luxus symbolisierenden Ort aus, der sich in einem besonderen
Stadtviertel befindet, das selbst für ein gewisses soziales
und ökonomisches Prestige steht.

Ein letzter Halt, bevor man alles verliert?

Ja, in gewisser Weise.

Als Sie Ihre Hochzeitsnacht im Plaza verbrachten, wollten Sie da
Siri beeindrucken?

(Lachen.) Nein, es war ein Spiel ... Zu meinem vierzigsten
Geburtstag wollte Siri ein Fest feiern. Ich habe mich jedoch geweigert: Ich mag keine Feste, die vielen Leute, die
Ansprachen. Ich habe ihr vorgeschlagen, eine Nacht in
einem sehr guten New Yorker Hotel zu verbringen. So ist
dieses kleine Familienritual entstanden ... Später haben
wir dann jedes Jahr nach Neujahr die rituelle Nacht wie-

derholt. Das ging einige Zeit so. Ein Tag in einem Luxus-hotel ist eine sehr seltsame Erfahrung. Es ist ein bißchen, als spielte man Tourist in der eigenen Stadt. Man läßt seine Kinder für vierundzwanzig Stunden allein, und man hat den Eindruck, man habe eine Reise in eine andere Welt, auf einen anderen Planeten unternommen. Man kümmert sich um Sie wie in einem Krankenhaus. Es ist lu-xuriös und absurd zugleich.

Man findet in Ihrem Werk wenige Hinweise auf die Upper East Side. Dafür aber einen grundlegenden: East 69th Street Nr. 25. Stillmans Sohn wohnt dort. In Stadt aus Glas *öffnet Virginia Stillman einem völlig fassungslosen Quinn die Tür, der anschlie-ßend vor einem Fenster des Hauses Wache schieben wird, zunächst in einer kleinen Allee, dann in einer Mülltonne derselben Allee ...*

Auch hierbei handelt es sich um eine persönliche Erin-nerung. Als ich von meiner zweiten Frankreichreise zurück-kehrte, fand ich Arbeit bei einem Buchhändler, dessen Laden sich in der East 69th Street befand. Ich bin acht Mo-nate lang täglich zu dieser Adresse gefahren. Wir erstellten Kataloge für Buchliebhaber und gaben sie heraus. Der Be-sitzer, der heute nicht mehr lebt, hieß Arthur A. Cohen, und sein «Unternehmen» Ex-Libris. Ich kann mich an ein Buch von Man Ray erinnern, das in hundert Exemplaren aufge-legt wurde, *Mr. and Mrs. Woodman*. Die Bände wurden von Fußnoten wie der folgenden begleitet: «Mr. und Mrs. Woodman: Eines der seltsamsten von Man Rays zahlreichen seltsamen Werken. Mr. und Mrs. Woodman sind zwei mario-nettenartige Holzfiguren ...»

In der 69th Street wurde auch Ihr Stück Laurel und Hardy kom-men in den Himmel *aufgeführt ...*

135

Ja, bei einer dieser privaten Aufführungen, die John Bernard Myers organisierte, in einer alten Stellmacherei, die Mark Rothko zu einem Atelier umgebaut hatte und wo er sich sechs Jahre zuvor, 1970, umgebracht hatte. Nicht weit von dort, in der Madison Avenue 939, befindet sich die Buchhandlung *Books and Company*, ganz in der Nähe des Whitney Museums. Dort hat man immer meine Arbeit unterstützt. Drinnen hängt unten an der Treppe, wenn man hereinkommt gleich rechts, ein witziges Foto von mir und dem ehemaligen Besitzer ... das ist lange her. Sechs oder sieben Jahre nach dieser ersten Aufnahme haben wir eine zweite gemacht, von denselben, inzwischen älter gewordenen Männern, die sich das erste Foto vor Augen halten ... Seltsam, oder?

In Stadt aus Glas beschreiben Sie ausführlich, was Sie Stillmans «prähistorische Stätte» nennen, und seine Arbeit als Lumpensammler. Viele Ihrer Figuren, vor allem Stillman und Anna Blume, richten sich Räume ein und arbeiten darin, indem sie Dinge sammeln. Effing bittet Fogg, sie ihm zu beschreiben: «Ich will verdammt noch mal wissen, was wir da sehen, ich will, daß Sie mir die Dinge beschreiben.» Anna Blume arbeitet eine Zeitlang als «Materialjäger». Sie erinnern selbst daran, daß Francis Ponge empfiehlt, «den Gegenstand zu betrachten, bevor man ihn benennt». In Ihrer Gedichtsammlung Disappearances schreiben Sie: «Und von jedem Gegenstand, den er gesehen hat, wird er sprechen ...» Gibt es in New York, dieser «großen Müllhalde» (siehe Stadt aus Glas), so etwas wie eine Archäologie der Gegenwart zu erleben?

Alles, was ich zu diesem Thema zu sagen habe, steht in den Büchern ... Ich kann diese Anziehungskraft nicht erklären. Ich weiß nicht, warum mich diese kaputten und aufgelesenen Gegenstände faszinieren. Doch es stimmt, es ist einfach so.

Sie gehören selbst nicht zu jenen Archäologen, die wühlen und Aus-
grabungen machen. Ihre Figuren arbeiten «an der Oberfläche»,
ohne die Dinge oberflächlich zu betrachten. Sie sehen die Dinge, de-
nen sie begegnen, sie werden sie nicht anderswo suchen, werden sie
nicht unter der Erde, im Boden finden ...

Das ist schwer ...

Zu schwer, um darüber zu reden?

Dazu kann ich mich nicht äußern. Denken Sie sich etwas
aus.

Ist es zu persönlich?

Ja, es ist zu persönlich.

Wie die Obdachlosen?

Ja, wie die Obdachlosen ... Es ist ein besonders wichtiges
Thema für mich. Es gäbe viel darüber zu sagen. Aber es ist
zu weitläufig, zu tiefgehend. Es berührt sowohl den spiritu-
ellen wie auch den materiellen Bereich. *(Langes Schweigen)*
Nein, ich kann darauf nicht antworten. Mir fehlt es an Energie. Denken Sie sich etwas aus ...

Wenn man an Stillmans Streifzüge denkt, an die verschiedenen
Routen, Spaziergänge und Irrwege Ihrer Figuren, könnte man die
These wagen, daß Sie die Literatur, die Worte mit dem Gehen ver-
knüpfen? Sachs spaziert durch New York «wie eine leidende
Seele», Effing und Fogg «durchmessen die Stadt kreuz und quer».
Gibt es eine direkte Verbindung zur Sprache, zur Suche nach den
Worten?

In *The Art of Hunger* komme ich auf das berühmte *Gespräch über Dante* von Ossip Mandelstam zurück. Er erwähnt darin den Zusammenhang, der zwischen dem menschlichen Gang und der Sprache besteht: «Das *Inferno* und insbesondere das *Purgatorio* rühmen den menschlichen Gang, das Maß und den Rhythmus der Schritte, den Fuß und seine Form.» Er wirft auch diese wunderbare Frage auf: «Ich frage mich allen Ernstes, wieviel Rindledersohlen, wieviel Sandalen Alighieri im Lauf seines dichterischen Schaffens bei der Wanderung über Italiens Ziegenpfade abgetragen hat.» Eine gute Frage, nicht wahr? Vor sehr langer Zeit wollte ich *Die Träumereien des einsamen Spaziergängers* von Jean-Jacques Rousseau übersetzen. Daraus ist nichts geworden. Doch bin ich weder Spezialist für Spaziergänge noch für das, was man «Wanderschriftsteller» nennt.

Welche Bedeutung hat der lange Spaziergang von Quinn, der ihn von seiner Wohnung in der West 107th Street über den Broadway bis zur East 72th Street führt und, nachdem er den Battery Park durchquert hat, auf einer Steinbank am Platz vor dem Palast der Vereinten Nationen endet?

Er zeichnet, anders als «Babel», keinen Buchstaben oder eine Form nach. Oft wird mir gesagt: «Ich habe anhand dieser Wanderung eine Karte skizziert, doch sie ergibt überhaupt keinen Sinn, was soll es bedeuten? Ich begreife nicht, was er sucht ...» Stillmans Weg verweist auf etwas ganz anderes. Quinn macht diesen Rundgang, weil er vollkommen verzweifelt und höchst verwirrt ist. Er läuft, um eine Lösung zu finden. Er weiß nicht, was er tun soll. Dieser Marsch dauert einen ganzen Tag lang. Er wird von der Stadt ebenso umhüllt wie von seiner Verzweiflung. Und manchmal bleibt er stehen, um etwas über die Stadtstreicher in sein Notizbuch zu schreiben: Das ist seine Entdeckung. Er wird Stadtstreicher. Das ist es, was er entdeckt. Vielleicht ist das nicht die richtige Antwort, doch eben das tut er. Quinn ist ein verlorener Mensch.

In Die Erfindung der Einsamkeit *schreiben Sie, daß «wir bei unserem Gang durch die Stadt im Grunde nichts anderes tun als denken ...»*

Man legt einen physischen Weg zurück, man bewegt sich Schritt für Schritt fort. Ein Kreislauf entsteht, und während man läuft, kommen einem Gedanken, die den Gang begleiten. Die Gedanken machen auch eine Art Reise. Man kann ebensogut in seinem Kopf reisen, wenn man in einem Zimmer sitzt. Vor etwa dreißig Jahren lief William Burroughs mit einem Notizbuch herum, dessen Seiten in drei Spalten unterteilt waren: was er sah, was er dachte und was er las. Die Ähnlichkeiten und die Widersprüche zwischen den drei Elementen waren interessant zu beobachten.

In Leviathan *heißt es von Sachs: «... die übrige Zeit ließ er sich treiben, streifte wie ein Flaneur des neunzehnten Jahrhunderts durch die Straßen der Stadt und ging einfach seiner Nase nach.» Sie schätzen Wolfsons Art, «auf unmittelbare Weise zu spüren, was es bedeutet, durch New York zu irren», und bei Reznikoff seine Leidenschaft, mit «offenen Augen» durch die Stadt zu laufen ... Laufen Sie gern herum?*

Ja. Im Grunde entstammt auch dieses Motiv der Spaziergänge, des Umherirrens, meinem Leben. Und wieder einmal nicht der Literatur.

Wie zahlreiche andere Gesichtspunkte in Ihrem Werk?

Ja. Oder vielmehr: ja und nein. Manche Elemente sind direkt aus dem Leben gegriffen – oftmals die unbedeutendsten. Die Tatsache etwa, daß ich acht Monate lang in der East 69th Street gearbeitet habe, ist nur für mich von Belang. Dieser Ort vermittelt mir einen gewissen persönlichen «Reiz». Ich setze diese Adresse in meine eigene Arbeit ein und verleihe ihr ein echtes Gewicht. Ich hätte genauso gut schreiben können, daß Stillman in der East 68th Street wohnte. Geheimnisvolle Kräfte bewirken, daß ich als Schriftsteller ein Detail einsetze, das in den Augen anderer gänzlich überflüssig erscheinen mag. Ich glaube, daß jeder Schriftsteller beim Schreiben das eine oder andere Mal zu dieser Methode greift. Das einzige Buch, bei dem ich mich ganz bewußt auf einen bestimmten Ort bezogen und mich bemüht habe, genau zu sein, ist *Leviathan*. Ich habe den Roman, der an sich reine Fiktion ist, an Orten spielen lassen, an denen er geschrieben wurde. So ist das Zimmer des Erzählers das, in dem ich tatsächlich zu der Zeit wohnte, als ich dieses Buch tatsächlich schrieb. Was für den Leser keinen besonderen zusätzlichen «Sinn» ergibt. In meinen Augen war es eine Arbeitsmethode, die mir erlauben sollte, mich noch mehr in die Geschichte zu vertiefen. Peter Aaron schreibt «Ich sitze an einem grünen Tisch» – ich saß in Vermont an einem grünen Tisch. Ich beschrieb, was mich umgab. Seine Biographie entspricht ein wenig meiner. es gibt Bezüge, Überschneidungen – was nicht bedeutet, daß das Buch autobiographisch ist. Peter Aaron heiratet die Figur aus Siris Roman *Die unsichtbare Frau*. Es ist eine fiktive Doppelhochzeit.

Das Leben und die Literatur fallen in sonderbarer Weise zusammen ...

Ja. David Reed, ein befreundeter Maler, ist die Quelle vieler Elemente aus *Mond über Manhattan*. Er hat mir von Blakelock erzählt. Durch die Figur Foggs erzähle ich sein Leben als Rekrut (und nicht meines). Mit ihm bin ich in den Westen gereist, in die Berge im Westen, nach Arizona und nach Utah, wo er lebte. Mr. und Mrs. Smith, die gegen Ende des Romans auftauchen, sind keine erfundenen Gestalten. Mrs. Smith war eine echte Nachfahrin von Kit Carson! Mr. Smith, der die Indian Training Post in der Reservekompanie der Navajos leitete, war ein sehr schöner Mann, à la Gary Cooper. Er war zweiundsechzig Jahre alt. Als ich ihn ansah, dachte ich: Das ist wirklich ein Mann aus dem Westen ... der auf diesem Boden geboren ist, usw. Ich habe mich mit ihm unterhalten: Er hat mir anvertraut, daß er in New Jersey geboren ist, und zwar in derselben Stadt wie ich, in Newark, und daß er in dieselbe Schule gegangen ist. Er hatte in den zwanziger Jahren als Tänzer am Broadway begonnen, dann ging er fort und beschloß, einen Neuanfang zu wagen. Es war alles sehr bewegend. *Mond über Manhattan* hat David Reed sehr viel zu verdanken.

Sind Realität und Fiktion durch Liebes- und Haßbande miteinander verwoben?

Die beiden sind eng miteinander verknüpft. Ich habe vor einigen Tagen eine Beckett-Biographie bekommen, die mich sehr überrascht hat. Beckett verweist in seinem Werk auf eine unglaubliche Zahl wirklich existierender Personen, autobiographischer Situationen, Orte seiner Jugend und seines Lebens. Jeder Schriftsteller greift, wenn es ihm hilfreich oder notwendig erscheint, auf dieses Verfahren zurück. Wir bleiben immer sehr den Dingen verbunden, die uns im Leben widerfahren sind und uns geprägt haben. Sie haben uns geformt. Die Erinnerung an die Dinge rührt uns. Diese Erinnerungen verleihen allem, was wir schreiben, eine persönliche Note: den wirklich persönlichen Nachklang. Ich finde recht leicht Namen für meine Figuren. Ich habe oft viele Ideen im Kopf. Figuren Namen zu verleihen, sie zu «benennen», ist einer der wirklich magischen Aspekte des Schreibens. Man kann zum Beispiel einer verstorbenen Person eine diskrete Huldigung erweisen. Ich habe es in *Hinter verschlossenen Türen* mit Ivan Wyshnjreadsky, dem inzwischen verstorbenen Komponisten, gemacht. Man stößt auf nützliche oder witzige Namen, die man sich merkt, oder nicht. All das hat etwas von einer Verkettung von Umständen.

Eine Verkettung, die sich manchmal als verwirrend herausstellen kann. Wie im Falle dieses schäbigen und unförmigen Gebäudes im Süden vom Central Park, an der Ecke Columbus Circle, das Sie in Die Erfindung der Einsamkeit *beschreiben und das eine recht einzigartige Geschichte hat …*

Meine Mutter und ihre Schwester sind in Brooklyn geboren und aufgewachsen. Als die eine sechzehn und die andere achtzehn war, sind ihre Eltern nach Manhattan gezogen. Der Block am South Central Park Nr. 240 war gerade erbaut worden, und meine Großeltern gehörten zu den ersten Bewohnern. Es war im Jahr 1941. Meine Großeltern haben bis zu ihrem Lebensende darin gewohnt. Meine ersten Eindrücke von New York sind hier entstanden. Ich habe viele Wochenenden in dieser Wohnung verbracht. Hier hat Saint-Exupéry während des Krieges *Der kleine Prinz* geschrieben.

In der Tat, Ende Januar verläßt Saint-Exupéry das Ritz-Carlton *und zieht in die siebenundzwanzigste Etage des Hauses, in dem bereits Maurice Maeterlinck wohnt. Das Haus Ihrer Großeltern war ein berühmter Ort, denn Consuelo, die wiederum im sechsundzwanzigsten Stock wohnte, empfing regelmäßig Breton, Ernst, Duchamp, Dalí, Miró, Tanguy usw. Saint-Exupéry verläßt den South Central Park Nr. 240 im Februar 1943 und zieht zum Beek-*

man Place, in das Haus, in dem zuvor Greta Garbo gewohnt hatte.
Dort korrigiert er die Fahnen von Der kleine Prinz *mit Anna-*
bella ... Lassen Sie uns von der Upper West Side reden ... Max
Klein, der Held des Romans, den Sie unter einem Pseudonym ge-
*schrieben haben (*Squeeze play*), wohnt dort. Er spricht von die-*
sem Viertel wie von einer Art Arche Noah, die fast alle Spezien New
Yorks beherberge – warum?

Die Arche Noah beschreibt die «Fülle» der Menschlichkeit, die sich dort zusammenfindet. Eine sehr vielfältige
Menschlichkeit, die man in Brooklyn vielleicht noch eher
wiederfindet als an der Upper West Side. Park Slope ist eine
Art kleinere Upper West Side. Man begegnet einem sehr
vertrauten Gefühl: einer großen Verschiedenartigkeit, Menschen, die aus allen Himmelsrichtungen gekommen sind
und die in vollkommener Harmonie im gleichen Viertel zusammen wohnen.

Lassen Sie uns vom Columbus Circle und der Upper West Side
Richtung Riverside Park und dann zu den Morningside Heights
hinübergleiten ... wo die rosafarbenen und blauen Neonbuchstaben
des Restaurants Moon Palace *auf der West 112th Street, in der*
Nähe des Broadway, aufleuchten ...

Das *Moon Place* gibt es nicht mehr, ebenso wie das Hotel
Harmony heute verschwunden ist.

Das, in dem Stillman absteigt, an der Ecke der West 99th Street und
dem Broadway: «eine schäbige kleine Herberge für heruntergekom-
mene Existenzen ...»

Ein Reklameschild hatte mich angezogen. An der Ziegel-
steinwand eines großen Wohnblocks, in der Höhe des
Broadway, konnte man in Schreibschrift lesen: *The Hotel*

Harmony where living is the pleasure. Der Ort war schäbig. Man begegnete dort nur armen Leuten und Besoffenen ...

In Leviathan *nimmt Fanny sich eine kleine Wohnung in der West 112th Street, und Peter Aaron wohnt fünf Straßen weiter, in der West 107th Street. In* Mond über Manhattan *liegt die* Quinn's Bar & Grill *an der Ecke im Südosten der 108th Street. Eine der Wohnungen, die Fogg bezieht, im fünften Stock eines großen Gebäudes mit Fahrstuhl, liegt in der West 112th Street ... Die Hinweise auf die Viertel Riverside Park und Morningside Heights sind zahlreich – haben Sie dort gewohnt?*

Ich habe zweimal auf der West 107th Street gewohnt, als ich in Columbia studierte. Im ersten Jahr lebte ich im Studentenwohnheim, in einem Schlafsaal, dann ein Jahr lang in der West 107th Street Nr. 311, und ein Jahr später unter der Nr. 262. Ich habe auch in der West 115th Street Nr. 601 gewohnt. Schließlich in der Riverside Drive Nr. 456 – aber das war viel später. Es ist die Adresse von dem Auster aus *Stadt aus Glas.* Ich habe niemals mit Siri in diesen Vierteln gewohnt.

Sie haben in Columbia studiert – welche Erinnerung haben Sie daran?

Ich war fünf Jahre lang Student an der Columbia. Von 1965 bis 1970. Es waren entscheidende Jahre, die man schwer in ein paar Sätze fassen kann. Ich war achtzehn bis dreiundzwanzig Jahre alt ... Ohne Zweifel war es der aufregendste Abschnitt meiner Jugend. Welch lange und intensive Reise! Diese Jahre waren in jeder Hinsicht wirklich prägend für mich: was Theorie und Praxis angeht, Literatur, Gefühle, Politik.

Ich meine, Sie hätten in der Bibliothek von Columbia gearbeitet ...

Ja, ein Jahr lang, mehrere Tage pro Woche. Sie zählte damals mehr als zwei Millionen Bände. Welch seltsame Erfahrung. Meine Aufgabe bestand darin, die Bücher in die Regale einzuordnen. Es handelte sich um eine Präzisionsaufgabe. Man erklärte uns, daß wenn das Buch nicht gemäß der Signatur an seinen Patz einsortiert würde, es dann für zwanzig Jahre verschollen bleiben könnte. Es würde nur durch Zufall gefunden, denn niemand würde sich auf die Suche danach machen. Spione überprüften unsere Arbeit. Eines Tages beging ich einen Fehler, ich hatte ein Buch falsch eingeordnet, unweit seines eigentlichen Platzes allerdings. In einem für die Öffentlichkeit geschlossenen Saal, den niemand betreten durfte. Ich war allein mit diesen kilometerlangen Regalen. Plötzlich trat ein Mann aus dem Schatten und sagte: «Haben Sie gesehen, was Sie da gerade gemacht haben? Das Buch ist nicht an seinem richtigen Platz!» Er war wütend ... Ich hatte ein kleines Büro, in dem ich auf die Rohrpost warten mußte, die mir von den unteren Etagen die eingesehenen Bücher zurückschickte, oder die Signaturen derer, die ich heraussuchen sollte. Manchmal passierte gar nichts. Ich konnte ein oder zwei Stunden lang lesen oder mich sexuellen Phantasien hingeben, von einer Intensität, die ich danach nie wieder verspürt habe. Es brauchte viel Kraft, um diese unendliche Langeweile zu bekämpfen!! Ich war allein, vollkommen allein mit diesen Tausenden und Abertausenden von Bänden, die in Grabesstille dort ruhten. Es war finster, jeder Gang hatte seine eigene Beleuchtung, die man ausschalten mußte, wenn sich niemand dort aufhielt. Die Rohrpost löste jedesmal, wenn sie ankam, ein Leuchtsignal aus: rote Glühbirnen, die mit einem höllischen Knistern an der Decke aufleuchteten ... Ich habe diese Erinnerung für *Im Land der letzten Dinge* verwendet.

Sind diese Jahre der Ausbildung eng mit dem Viertel verbunden?

Ja, ohne Frage. Vor etwa acht, neun Jahren, in der Zeit, als ich in Princeton unterrichtete, bat mich ein befreundeter Dozent, der einen Kurs an der Columbia leitete, ihn ein Semester lang zu vertreten. Ich fuhr also Richtung Columbia, und das einmal pro Woche, drei Monate lang. Sobald ich den Boden von Columbia betrat, spürte ich, wie ich von tiefer Traurigkeit übermannt wurde. Ich war deprimiert. Es war, als wären jene Jahre auf sonderbare und bedrückende Weise zurückgekehrt. Mir ist rückblickend klargeworden, daß ich damals sicherlich nicht glücklich gewesen bin. Diese finsteren, wirklich unerfreulichen Gefühle kamen in Wellen hoch. Es war sehr unangenehm. Jene Jahre – das habe ich dann begriffen – waren sehr harte Jahre gewesen ... Später habe ich dann wieder etwa drei Jahre lang in diesem Viertel gewohnt, nach meiner Rückkehr aus Frankreich. Alles in allem werde ich so um die acht Jahre in Morningside Heights gewohnt haben – was ein Sechstel meines Lebens ausmacht. Aber ich habe mich viel in New York hin und her «bewegt».

Soviel wie Fernando Pessoa, der etwa sechzigmal umgezogen ist?

Ich werde bestimmt in zirka zwanzig Wohnungen und Häusern gewohnt haben.

Hat Brooklyn Ihnen Manhattan ersetzt?

Ich bin in den ersten Januartagen des Jahres 1980 hergekommen. Nachdem ich das Zimmer in der Varick Street aufgeben mußte. Ich hatte keine Wohnung und ich suchte nach einer neuen in Manhattan, doch alles war zu teuer. Ich beschloß, auf die andere Seite vom East River zu ziehen, und habe einen Ort gefunden, die Carroll Street in Brooklyn, in Carroll Gardens. Bevor ich Siri kennenlernte, habe ich zwei

Jahre dort gewohnt. Dann sind wir in eine größere Wohnung am Tomkins Place gezogen – fünf Jahre, dann nach Park Slope, 3rd Street – sechs Jahre, und schließlich in das Haus, in dem wir jetzt seit drei Jahren leben. Ich hänge sehr an diesem Viertel, es ist ideal für mich. Unter solchen Bedingungen in der Stadt zu bleiben, ist vollkommen akzeptabel, vor allem mit Kindern. Es ist ruhiger als Manhattan, die Bevölkerungsdichte ist niedriger, und man kann hier in Ruhe arbeiten. Als ich in Princeton unterrichtete, spielten wir mit dem Gedanken, der Stadt den Rücken zu kehren und in New Jersey zu leben. Wir haben einige Zeit lang nach einem Haus gesucht. Schließlich haben wir den Plan fallengelassen. Diese Erfahrung hat uns klargemacht, daß wir in New York bleiben mußten. Das bedeutet nicht, daß wir den Rest unseres Lebens hier verbringen werden. Doch im Augenblick haben wir nicht vor, etwas zu verändern.

Im Viertel von Park Slope ist die Vergangenheit in einer Weise lebendig, die man selten findet; ein Hauch von Henry James ...

Es gibt andere Viertel in Brooklyn, die diesem hier ähneln. Brooklyn Heights vor allem. Man findet dort Holzhäuser – kleiner als die in Park Slope –, die aus den Jahren 1830–1840 stammen und die als die ältesten von New York gelten.

Vom alten New York ist nicht viel übriggeblieben. Die großen Architektur-Päpste jener «neuen Religion», von der Rem Kolhaas spricht, haben der Vergangenheit kaum Raum gelassen ...

Manhattan ist vollkommen zerstört worden. Die ganze Geschichte New Yorks ist in dem Bedürfnis enthalten zu zerstören, um direkt wiederaufzubauen. Die Vergangenheit ist ausradiert. Brooklyn ist diesem Prozeß noch am ehesten entkommen.

Um von Manhattan nach Brooklyn zu kommen, muß man die be-
rühmte Brücke überqueren ...

Über diese Brücke von Manhattan nach Brooklyn zu fahren
ist, als würde man in eine andere Welt vordringen. Ich mag
diese Brücke wirklich sehr. Jedesmal wenn ich sie über-
quere, fühle ich mich glücklich. Diese Überfahrt tut mir
gut.

In Stadt aus Glas *begeht Stillman Selbstmord, indem er von der*
Brücke springt ...

Es ist ein ganz besonderer, mythischer, mythologischer Ort.
In *Schlagschatten* erzähle ich die Geschichte vom Bau der
Brücke und von ihrem Architekten John Roebling. Blue
hält beim Überqueren der Brücke die Hand seines Vaters –
was mir niemals passiert ist ... Wir befinden uns hier in der
absoluten Fiktion.

Ist die Brooklyn Bridge mit dem Motiv des Falls verknüpft?

Ja. Der Fall hat ganz offensichtlich etwas Religiöses, oder
genauer gesagt Biblisches. Während meiner Jahre an der Uni
habe ich mich lange in Miltons Werk *Das verlorene Paradies*
vertieft. Dieser Titel war und ist von großer Bedeutung für
mich. Ich empfinde den Fall als etwas sehr «Physisches».
Erst beim Schreiben von *Mr. Vertigo* ist mir klargeworden,
daß viele meiner Bücher Episoden beinhalten, die mit dem
Fall verbunden sind. Anna Blume, Barber, Sachs ... Alle
Stürze sind mit dem meines Vaters verknüpft, der vom Dach
gefallen ist, als ich noch klein war. Ich erwähne dieses dra-
matische Ereignis übrigens in *Das rote Notizbuch*. Ich war
nicht dabei, aber man hat mir von diesem Unfall erzählt. Die
Vorstellung dieses Vaters, der plötzlich vom Himmel fällt,

hat mich nachhaltig beeindruckt. Dieses zentrale Bild aus meiner Kindheit verfolgt mich weiterhin. Die Levitation in *Mr. Vertigo* verlängert diesen Prozeß: Sie ist die Umkehrung des Falls.

Wir sprachen vorhin von Brooklyn Heights. Dieses Viertel spielt in Schlagschatten *eine wichtige Rolle: Blue folgt Black durch seine engen Straßen.*

Ich bin nur selten in diesem Viertel. Aber ich habe ganz in der Nähe gewohnt, als ich mich in Brooklyn niederließ. Die Handlung von *Schlagschatten* habe ich in der Vergangenheit angesiedelt.

Das Buch beginnt genau am 3. Februar 1947 ...

In der Vergangenheit also, und mir lag daran, bestimmte Aspekte, bestimmte, diesem historischen Viertel eigene Elemente, zu verwenden.

Um Brooklyn Heights zu verlassen, folgt man der Fulton Avenue, der Flatbush Avenue bis zur Grand Army Plaza, dann zum Brooklyn Museum. In Leviathan *arbeitet Fanny dort. Und dort sieht sich Fogg auf Empfehlung von Effing das Gemälde* Moonlight *von Ralph Albert Blakelock an ... Gehen Sie oft in das Museum von Brooklyn?*

Nein, selten. Was Blakelock angeht, so kannte ich ihn nicht, bis der Maler David Reed mir bei einem Abendessen von seinem sonderbaren Leben erzählte. Ich wollte seine Bilder kennenlernen. Ich muß gestehen, wenn Blakelock nicht so eine bizarre Gestalt gewesen wäre, dann hätte mich sein Werk nicht in dieser Weise angezogen. Seine Bilder sind interessant, aber sein Leben fasziniert mich noch viel mehr.

Es ist sein Leben, das mich dazu gebracht hat, seine Gemälde zu entdecken.

In der New York-Trilogie *schreiben Sie:* «*Nehmen wir beispiels-
weise Blau. [...] Es gibt den Mittag über New York [...] Da ist
die Polizeiuniform meines Vaters. [...] Und ohne Zögern geht er
über zu Schwarz [...] Die Nacht über New York.*» *Sie bedienen
sich nur sehr selten der Farben, doch dafür immer in sehr starken,
ausgesuchten Momenten.*

In der Tat. Mein Schreiben ist nicht mit der Arbeit eines
Malers vergleichbar. Sie ist nicht visueller, sondern vielmehr
innerlicher Art. Zuweilen wird dieses «Innen» von einem
visuellen Schock aufgerüttelt, und ich schreibe es nieder.
Manchmal ist es ein heftiger Schock. Das kann eine unerwartete Farbe sein, wie etwa die tiefroten Lippen Virginia
Stillmans, die Quinn in *Stadt aus Glas* auffallen. Es gibt sicherlich andere Beispiele, aber dieses ist das erste, das mir in
den Sinn kommt.

Sie sprechen selten von Malerei in Ihren Büchern. In Mond über
Manhattan *schreiben Sie allerdings:* «*Dann hatte er entdeckt, daß
das Schreiben als hinreichender Ersatz für das Malen dienen
konnte*» ...

Malerei ist eine andere Art zu sehen als das Schreiben, doch
es ist die gleiche Aktivität.

*Was Sie über das Schreiben bemerken, könnte man auch von der
Malerei sagen:* «*keiner kann sagen, woher ein Bild kommt.*»

Ja, genau. Ein geniales Bild verbraucht sich nicht. Ein gutes
Buch verbraucht sich nicht. Das will ich damit sagen. Man
kann niemals zu seinem Kern vordringen. Das ist der Haupt-

grund, warum ein Buch eine Energiequelle sein kann und eine Art Herausforderung über Jahrhunderte hinweg. Man liest immer und immer wieder Shakespeare. Man könnte meinen, es sei alles über Shakespeare gesagt worden. Genau das Gegenteil ist der Fall: Shakespeare ist unerschöpflich. Ein Kunstwerk ist keine mathematische Gleichung: Es soll keine Lösung gefunden werden, denn es gibt keine Lösung. Das Kunstwerk ist eine Erfahrung, und Erfahrung entsteht aus fehlendem Wissen. Es ist nicht das Wissen, das die Lust weckt, eine Erfahrung zu machen, sondern das Gegenteil. Wer sehr starre Gedanken und festgefahrene Meinungen hat, wird nie ein Künstler sein. Kunst zu machen, das heißt Bereiche zu erforschen, die man nicht versteht, und die einem immer wieder entgleiten. Ich habe oftmals den Eindruck, daß allein die Tatsache, zu einem Bild oder Buch einen Kommentar abgeben zu können, vor allem wenn er treffend ist, auf die Existenz eines unberührbaren Kerns hindeutet. Das Zentrum des Werks ist unerreichbar, wie ein leuchtender Stern. Man kann sich ihm nicht nähern, ohne eine mögliche Zerstörung in Kauf zu nehmen. Es ist also riskant und gefährlich. Man kann einen Stern umkreisen, ihn von weitem beobachten, aber jeglicher Zugriff ist unmöglich. Es ist, als grabe man ein bodenloses Loch.

Das Gehen hat eine sehr «physische» Seite, aber das Schreiben ebenfalls. Sie behaupten von sich, sehr an Ihrer Feder, an Ihrem Füllhalter zu hängen, an dem «materiellen» Aspekt des Schreibens.

Es ist vor allen Dingen eine Frage der Gewohnheit. Manche Menschen, seien es Schriftsteller oder andere, können mit der Tastatur denken. Andere, so wie ich – ich weiß nicht, warum –, können es nur mit einem Füller oder Bleistift in der Hand. Das geht auf meine Kindheit zurück, auf die Zeit, als ich schreiben lernte. Ich hegte schon eine große

Liebe für Stifte, als ich zehn Jahre alt war. Heute ist es eine Gewohnheit geworden. Ich mag die Anstrengung, die mit der Benutzung eines Stiftes einhergeht. Es ist eine echte körperliche Aktivität. Ich bin sehr empfänglich für das typische Geräusch, wenn er das Blatt berührt, diese Art Kratzen, das man von Zeit zu Zeit hört.

Da ist also der Stift, aber auch die Unterlage, das Papier. Quinn ist immer auf der Jagd nach brauchbaren Spiralheften; Anna Blume trägt das blaue Notizbuch mit sich, das sie für Isabelle gekauft hatte; aus dem Notizbuch, das Maria Turner gefunden hat, ersteht der Teufel ... Sie selbst arbeiten nur mit Clairefontaine-Heften ... Worin liegt ein solches Interesse an diesem Objekt begründet?

Ich habe immer mit Heften gearbeitet. Ich ziehe ein Heft losen Blättern vor. Alles ist darin enthalten, an einem Ort versammelt. Ein Heft ist eine Art Zuhause für Worte. Da ich nicht direkt tippe, sondern alles von Hand schreibe, wird das Heft zu meiner ganz eigenen Sphäre, einem inneren Raum, glaube ich. Es ist interessant ... Natürlich benutze ich am Ende die Schreibmaschine, doch die erste Fassung ist immer handschriftlich.

Das Zimmer, das Arbeitszimmer, das sind doch auch sehr intime Orte ...

Es gibt einen ganz offensichtlichen Gegensatz zwischen meinem Spaß am Umherirren und dem Bedürfnis nach einem Zimmer. Es ist vorgekommen, daß ich an den weitläufigsten, sonnigsten Orten geschrieben habe. Doch ich ziehe einen kleinen Raum vor. Es gibt eine wundervolle Beschreibung von Schriftstellerzimmern in einem Buch von Blaise Cendrars, einem seiner letzten, einem autobiographischen Werk, das er im Süden Frankreichs verfaßt hat: *Le Lo-*

tissement du ciel. Er beschreibt darin, daß Schriftsteller lieber in schäbigen Löchern eingezwängt sitzen, als über Räume zu verfügen, die nach außen hin geöffnet sind.

Ich bin bei einigen Malern auf dasselbe Bedürfnis gestoßen. Pierre Soulages hat mir gestanden, daß er es immer so einrichtete, in «geschlossenen» Ateliers malen zu können, daß er lieber «in Kellern und abgeschlossenen Räumen» arbeitete.

Vielleicht darf man gar nicht über allzu viel Komfort verfügen. Die Bequemlichkeit eines Ortes fördert eine gewisse Bequemlichkeit des Geistes. Man braucht einen schmuddeligen Ort, um sich vollkommen auf das Arbeitsobjekt zu konzentrieren. Sobald ich zu schreiben beginne, stecke ich nur noch in der Arbeit. Die Umgebung verschwindet. Sie hat keinerlei Bedeutung mehr für mich. Ich stecke nur noch in meinem Heft. Das Heft ist das Zimmer. Hier ist das Zuhause des Heftes.

Läßt das Zimmer, das Arbeitszimmer, die Mauern verschwinden, die es umgeben? Mauern sind in Ihrem Werk ein wiederkehrendes Motiv.

Es stimmt, das Thema taucht oft auf. In meinen Gedichten, in dem Stück *Laurel und Hardy kommen in den Himmel*, in *Die Musik des Zufalls* ... Auch das ist etwas sehr Komplexes, Vielschichtiges. Bestimmte konkrete, wirkliche Mauern können eine entscheidende Rolle im Leben spielen. In meinen Gedichten ging es vor allem darum, den Raum zu entschlüsseln, der zwischen dem *ich* und dem *du* liegt. Die Mauer ist eine Metapher: Sie zeigt die Schwierigkeit auf, die durch diese Art «Transaktion» zwischen zwei Personen besteht. Durch diese dichterische Erfahrung hat sich das Bild der Mauer als Leitgedanke herauskristallisiert. Und dann entwickeln sich solche Erfahrungen weiter, wie alles, was sich am Begriff der Zeit reibt, Konzepte, Ideen nehmen einen neuen Sinn an ...

Entschwinden, schweben davon wie der Rauch einer Zigarette?

Ich rauche seit zehn Jahren keine Zigaretten mehr. Ich huste zuviel, es ist unerträglich. Ich bevorzuge kleine Zigarren. Rauchen: Laster und Genuß.

Sie haben Ihren Film immerhin Smoke *genannt.*

Es geht hier nicht allein um den Bezug zum Tabak. Die Bedeutungen sind mannigfaltig. *Smoke* meint eine Substanz, die man nicht berühren kann. Eine Metapher, um versuchsweise aufzuzeigen, was passieren kann und was zwischen Menschen passieren kann.

Etwas Ungreifbares?

Ja. Wenn man eine Zigarette oder eine Zigarre raucht, produziert man Rauch. Diese Substanz ist wirklich, doch sie ist nicht fest, man kann sie sich nicht in die Tasche stecken. Rauch ändert fortlaufend seine Umrisse. Rauch ist Instabilität schlechthin. Die Beziehungen, Ereignisse zwischen den Menschen sind sehr wohl echt, doch man kann sie nicht erfassen.

Jim Jarmusch behauptet in Blue in the Face, *daß viele Menschen zu rauchen begonnen hätten, weil es zum Träumen verleitet ... Auch Sie haben geschrieben, daß die Pfeife das Unterscheidungsmerkmal eines jeden echten Schriftstellers sei ...*

Das soll ich geäußerst haben?

Ja, in Leviathan ... *Sachs kauft sich eine Pfeife. Er ist siebzehn Jahre alt und schreibt romantisch-absurde Seelenerforschungen ...*

Ach ja, ich habe das gleiche getan. Ich kann mich erinnern. Ich hatte mir auch eine Pfeife gekauft. Das kann man unter jugendliche Enttäuschungen ablegen ... *(Lachen.)*

Rauch läßt die Welt verschwimmen. Gilt nicht dasselbe für Schnee?

Ich mag Schnee sehr gern, sowohl in der Stadt als auch auf dem Land. Der Gedanke, daß er die Welt verschwinden lassen kann, fasziniert mich. Ebenso wie die Stille, die darauf folgt oder ihn begleitet. Schnee läßt die Welt anders erscheinen. Schnee verändert die Welt und macht es möglich, sie neu zu entdecken. Das Leben in New York wird von seinen strengen Wintern gegliedert, in denen Schnee und Eis alles lahmlegen oder Gewitter das Stadtbild vollkommen verändern.

Und der Regen?

Ich mag sein Glitzern. Regen verändert die Sicht. Das sich brechende Licht schafft eine ganz eigene Spiegelwelt. Manchmal weichen neblige Unwetter den Central Park auf. Effing muß zwei Unwetter über sich ergehen lassen ...

Nach dem Gewitter wird Fogg ein anderer, er hat die Grenze überschritten. Es ist, als hätte er sich seiner selbst offenbart. Spielen die Naturelemente eine wichtige Rolle in Ihren Büchern?

Ja, allerdings.

(Das Telefon klingelt. Man fragt Paul Auster, ob er eine Eisenwarenhandlung betreibe!)

*Da uns der Zufall schon einmal auf die Sprünge hilft ... dann kön-
nen wir doch gleich vom Telefon reden ... Ob Handapparat oder
Telefonzelle, Ihre Figuren benutzen es oft ...*

Es passiert viel rund ums Telefon. Das stimmt. Warum?
Ich weiß es nicht. Das Telefon interessiert mich im allgemeinen sehr. Die Vorstellung, mit jemandem zu sprechen,
eine gewisse Vertrautheit aufzubauen und zugleich vollkommen unsichtbar zu sein ... Man berührt ein paar
Knöpfe, und man kann mit jedermann auf der Welt sprechen. Es ist so geheimnisvoll. Zugleich ist es erschreckend,
unnütz und manchmal wunderbar. Es kommt auf die
Umstände an. Die Telefonzelle war eine interessante
Sache. Doch heute sind die *telephone booths* verschwunden.
Sie sind durch die *pay phones* ersetzt worden. Die Kabine
wurde durch offene Räume, oder noch schlimmer, durch
dieses furchtbare Handy ersetzt. Es ist schade, ich fand es
so schön, die Tür im *telephone booth* hinter mir zu schließen
... Drinnen war ein Bänkchen, auf das man sich setzen
konnte ...

*Wenn man Ihnen so zuhört, wird einem klar, daß das Gleichgewicht
zwischen Leben und Schreiben sich immer wieder einpendelt. Alles
macht das Leben aus und alles macht das Schreiben aus.*

Das Schreiben ist sicherlich eine Krankheit. Man schreibt,
um einen Mangel auszugleichen. Irgend etwas stimmt
nicht. Vielleicht schreibt man doch, um sich zu heilen. Ich
weiß es nicht. Man findet niemals das, was man sucht, aber
man gibt die Hoffnung nicht auf. Joubert sagt etwas Herr-
liches: Die, denen die Welt nicht genüge, seien Dichter,
Philosophen und all die, die Bücher lesen.

Gibt es zwischen Leser und Autor keine Distanz?

Es sind zwei verschiedene Aktivitäten, auch wenn zwischen ihnen Verbindungen bestehen. Der Autor ist auch Leser. Wie ich zu sagen pflege: Ich habe viel mehr Bücher gelesen, als ich geschrieben habe.

In Hinter verschlossenen Türen *schreiben Sie: «Wir alle wollen, daß man uns Geschichten erzählt, und wir hören sie so, wie wir sie hörten, als wir Kinder waren.» Handelt es sich hierbei um ein neu aufgeflammtes Kindheitsbedürfnis?*

Es ist keine Nachahmung eines Kindheitsbedürfnisses, sondern etwas anderes, das in der Kindheit beginnt. Geschichten sind ein menschliches Grundbedürfnis. Länder, Nationen brauchen Geschichten. Die großen Mythen sind vor allem große Geschichten. George Washington konnte zum Beispiel nicht lügen. Jedermann kennt die Anekdote vom Kirschbaum. Als Kind schneidet er von einem Kirschbaum einen Ast ab. Sein Vater fragt ihn: «Hast du den Ast vom Kirschbaum abgesägt?» Und der kleine George, der nicht lügen darf, weil er der zukünftige Präsident der Vereinigten Staaten ist, gesteht sofort seinen Fehler ein ... Der erste Präsident muß ein untadeliger Mann sein! Nationen und Menschen brauchen Mythen und Lügen, um sich aufzubauen. Was nicht bedeutet, daß Bücher Lügen seien, auch wenn Fiktion laut Definition immer eine Lüge ist. Es ist eine Lüge, die die Wahrheit trifft.

Gibt es für den Schriftsteller zwischen Lüge und Wahrheit noch ein wirkliches Leben?

Ich glaube nicht. Genau das wollte ich in *Stadt aus Glas* versuchen herauszufinden. Den Unterschied zwischen dem Namen, den man im Leben trägt, und dem, der auf einem Buchdeckel steht. Die Person, die Geschichten erfindet, die erzählt, die Kunst macht, das bin in allen Fällen natürlich ich, doch ohne zu wissen, woher das kommt. So ist der schriftstellerische Teil des eigenen Selbst ein Geheimnis – auch für den Schriftsteller. Ich verstehe es nicht. Ich weiß nicht, woher meine Ideen stammen, aus welchen weitentfernten Gefilden.

Sie haben sich hinter einem Pseudonym versteckt, als Sie Ihren Krimi veröffentlicht haben ...

Das habe ich wegen Geld gemacht, um meinen Lebensunterhalt zu verdienen. Das ist nicht das gleiche.

Sie schreiben gerade an einem Buch* über das Thema Geld. Dort planen Sie auch, jenen Roman, den Sie unter Pseudonym veröffentlicht haben, einzufügen. Warum?

Ich werde mich zu diesem Kriminalroman bekennen, jedoch nur in einem bestimmten Zusammenhang. Er wird wie ein Beweisstück vorhanden sein. Ein Indiz, das meine Unschuld beweisen oder aber meine Verurteilung zur Folge haben wird. Die grundlegende Frage ist: Wie soll man seinen Lebensunterhalt verdienen, wenn man keinen richtigen Beruf ausübt? Literarische Arbeiten gehören nicht zu dem Wirtschaftsspiel, das von und für die geregelte Arbeitswelt inszeniert wird. Ein Rechtsanwalt erhält ein festes Honorar. Er weiß, wieviel er imstande ist zu verdienen. Was soll man im Falle der Literatur machen? Man kann ein Meisterwerk schreiben und zusehen, wie seine Veröffentlichung abgelehnt wird. Man kann ein mittelmäßiges Buch veröffentlichen und damit viel Geld verdienen ... Die Qualität der

---

* Es handelt sich um *Von der Hand in den Mund*, 1998 im Rowohlt Verlag erschienen.

Arbeit und der finanzielle Ertrag stehen beim Schreiben in keiner Relation.

In Ihren Büchern haben die Figuren ein besonderes Verhältnis zum Geld. Es wird gegeben, getauscht, wieder zurückgenommen. Man erbt welches, man besitzt welches oder man besitzt keines: es stellt das Leben auf den Kopf ...

Diese Frage ist mir sehr wichtig. Das rührt ohne Zweifel von meinen Jahren in Armut her, in denen es mir so schwer fiel, die Miete und alle möglichen Rechnungen zu bezahlen. Ich hatte eine recht behütete Kindheit in einer klein-bürgerlichen Familie. Wir aßen immer nach Lust und Laune. Uns war nie kalt. Wir hatten ein Dach überm Kopf. Als ich klein war, dachte ich, daß alle Menschen so leben. Erst viel später habe ich dann durch das Leben erfahren, daß dem keineswegs so ist. Als Student wußte ich, daß ich im Notfall auf meine Familie zurückgreifen konnte, doch man erkennt sehr schnell, daß – sobald dieser Schutz zu Ende geht – man allein dasteht, unheimlich verletzlich und gefährdet.

Man liest in Hinter verschlossenen Türen: «*Niemand will Teil einer Fiktion sein, um so weniger, wenn diese Fiktion Wirklichkeit ist.» Was wollen Sie damit sagen?*

Man will ein wirkliches Leben leben. Man will nicht Teil einer Geschichte sein. In jener Passage, aus dem der Satz stammt, ist Sophie Fanshawe sozusagen Gefangene einer Geschichte, die sie nicht selbst geschaffen hat, und sie will ihr entfliehen. Sie ist mit ihrem Baby allein. Ihr Mann ist verschwunden. Ein Mythos ist um ihn entstanden, und sie wird gegen ihren Willen Teil davon.

Unser Heil liegt darin, die Worte zu beherrschen.

Das sagt Stillman. Nicht ich ...

Kann Sprache Erlösung bringen?

Davon ist er überzeugt. Ich nicht. Vor zweihundert Jahren
befaßten sich viele Gelehrte mit der Frage nach einer Ein-
heitssprache: Es war unbedingt notwendig, sie zu entdek-
ken. Diese Forschung war grundlegend für die Welt der Philosophie und der Geisteswissenschaften. Heute spricht man
nicht mehr über diese bedeutende Frage, aber man kann
diesen Erkenntnisdrang leicht nachvollziehen.

*In der Sprache ist auch die Überschreitung ihrer eigenen Grenzen
angelegt. In Stadt aus Glas heißt es, Zeit mache uns alt, aber sie
schenke uns zugleich den Tag und die Nacht. Und wenn wir eines
Tages sterben, dann werde stets jemand unseren Platz einnehmen.
Die metaphysische Dimension Ihres Werkes läßt sich nicht leugnen.
Beschäftigt Sie diese Frage?*

Die metaphysische Dimension ist wesentlich. Warum sollte
ein Autor ein Werk verfassen, wenn er kein Interesse an Me-
taphysik hat; eine tiefe und umfassende Neugier dem Leben und all den großen Fragen gegenüber? Der Satz, den Sie
anführen, wird jedoch von Stillmans Vater geäußert – der
eine zugegebenermaßen seltsame Figur ist.

*Glauben Sie, daß der Mensch sich stets am Rande eines Abgrunds
befindet, wie es in der Szene angedeutet wird, in der Anna Blume
ihre Finger mit «eisenhartem» Griff um Ferdinands Hals legt, und
ihr bewußt wird, daß sie nicht aus Notwehr, sondern aus «Vergnü-
gen» handelt?*

Gewiß. Ich hege diesbezüglich keinerlei Zweifel. Man ist zu allem fähig. Was uns ganz offensichtlich Freude am Leben und die Angst davor vermittelt.

Ist das menschliche Verhalten also nicht nur über den Verstand zugänglich?

Der Mensch offenbart sich in den kleinsten Nebensächlichkeiten. Man muß lediglich eindringlich und aufmerksam sein. Man spricht heutzutage viel von *Body language.* Warum auch nicht? Sind die Forderungen des Theaters nicht die gleichen?

Würde denn Body language *dieses New Yorker Leben zugänglich machen, das, wie es in* Leviathan *heißt, zu großer Rigidität neigt?*

Ich weiß nicht, woran es liegt, aber alle Menschen, die ich kenne, beklagen sich darüber. Alle Welt ist sehr beschäftigt. Der New Yorker Alltag ist hart. Und man braucht viel Zeit, einfach um zu existieren. Das gesellschaftliche Leben wird sehr komplex. Verabredungen werden oftmals Monate im voraus getroffen. Die Menschen arbeiten verbissen. Doch darin liegt nichts Besonderes, die ganze Stadt atmet und funktioniert auf diese Weise.

Ihre Figuren gehen niemals in «Edelrestaurants», geschieht das, um dieser Rigidität, diesen verstiegenen Ansprüchen zu entfliehen?

In *Hinter verschlossenen Türen* wird Sophie in ein Edelrestaurant eingeladen, um dort ihren Geburtstag zu feiern. Doch Sie haben recht, meistens handelt es sich um eher bescheidene Restaurants. Solche, in denen ich manchmal aß ... Jedenfalls bevorzuge ich nette kleine Lokale. Das Verhältnis zum Essen ist in den Vereinigten Staaten viel einfacher als in

161

Frankreich. Das kulinarische Angebot wechselt mit jedem Straßenzug, es ist ungemein vielfältig. In Frankreich wird die Küche als Kunst angesehen und sehr ernst genommen ... Sie ist sehr eng mit der französischen Kultur verwachsen. In Italien zum Beispiel, wo man ebenfalls gutes Essen liebt, ist es weniger verkrampft, lockerer als in Frankreich. Seit etwa zehn Jahren wird auch die neue amerikanische Küche von einem gewissen Angebertum erfaßt. Ein Phänomen, das sich nicht nur auf New York beschränkt. Letzte Woche war ich in Ohio, und wir mußten ein recht durchschnittliches Essen in außergewöhnlich prätentiöser Umgebung zu uns nehmen. Manhattan kann eine sehr angeberische Stadt sein. Brooklyn nicht. Man muß allerdings dazu sagen, daß hier nichts passiert. Wir sind kein kulturelles Zentrum. New York kann unerträglich sein. Ich denke da an kein besonderes Viertel, sondern eher an die Milieus, die Cliquen: die der Kunst, des Kinos, des Fernsehens, der Verlage, der Finanzen ...

Sie erinnern daran, daß die New Yorker den Boden «floor» nennen.

Das ist der New Yorker Jargon, um den Boden, die Straße zu bezeichnen. Sogar auf dem Land, auf dem Feld, wird ein echter New Yorker nur vom *floor* reden!

Was überrascht, ist der zuweilen krasse Kontrast, der zwischen der einen und einer benachbarten Straße liegen kann ...

In New York, mehr als anderswo, kann das Leben sich beim Übergang von einer Straße in die nächste dramatisch verändern. Sehr scharfe Demarkationslinien grenzen die Viertel ab, sogar hier, in Brooklyn. Sobald Sie das Ende der 5th Avenue erreichen, dringen Sie in eine gefährliche und häßliche Zone. Sie überqueren die Straße aufs neue und finden die eine nette, sympathische, bürgerliche, vertraute Atmosphäre wieder. Manche Straßen Manhattans sind faszinierend. Die East 47th etwa, auf der es nur Diamantschleifer und Juweliere gibt. Die Schaufenster sind voller Juwelen und Brillanten. Nur diese eine Straße, weder die 45th noch die 48th, sondern die 47th. Warum? Ganz verloren zwischen all diesen Diamanthändlern liegt eine der berühmtesten Buchhandlungen von New York: die *Gotham Book Mart*. Man findet dort alte Bücher und Ausgaben in limitierter Auflage.

Ein wenig wie die Pierpont Library, *dieses alte Milliardärshaus, das nun ein Museum geworden ist und das an der Madison Avenue Ecke East 36th Street sein Gebäude im Renaissance-Stil öffnet ... Im Land der letzten Dinge ist New York auf sonderbare Weise zugleich an- und abwesend ...*

Man findet New York darin wieder, aber auch andere Städte, osteuropäische und südamerikanische Hauptstädte. Es ist eine Mischung aus verschiedenen Eindrücken oder Erinnerungen. Vom Äußeren her ist die Stadt, die dem *Land der letzten Dinge* zugrunde liegt, sicherlich New York, aber ich habe nie daran gedacht, aus dieser Phantasiestadt eine Essenz von New York zu machen. Ein unausgesprochenes New York. Die Stadt in diesem «Land der letzten Dinge» ist keinesfalls eine ungetreue «Reproduktion» New Yorks. Sie ist «wirklich» eine Phantasiestadt.

Könnte man das Paradoxe zu Ende führen und behaupten, New York sei fester Bestandteil Ihres Werkes?

Ich habe New York niemals als ein Grundelement meines Werkes angesehen. Die Stadt existiert und ist in meine Arbeit integriert. Gewiß, viele Handlungen sind in New York angesiedelt, doch aus ganz konkreten Gründen, die die

163

Stadtgrenzen selbst überschreiten. Anekdotenhafte, persönliche, autobiographische Gründe, oder solche, die nur
einem glatten Handlungsablauf dienen: die für die Struktur
notwendig sind. Dennoch, die Geschichte New Yorks interessiert mich. Der Bau der Brooklyn Bridge zum Beispiel ist
ein Kapitel New Yorker Geschichte, das mich – das steht
außer Frage – fasziniert. Wußten Sie, daß der amerikanische
Dichter Hart Crane fünfzig Jahre später ohne es zu ahnen
das gleiche Zimmer in Brooklyn Heights gemietet hat, in
dem der Ingenieur Roebling gewohnt hatte und von dem
aus er, im Rollstuhl sitzend, aus der Ferne den Brückenbau
verfolgte? Hart Crane hat dort sein Gedicht *The Bridge* geschrieben. Welch sonderbarer Zufall ... Ich liebe New York
sehr. Es ist Quell für Inspiration und Gedanken. Keine andere Stadt gleicht New York. Zugleich hasse ich diese
schwierige Stadt, wobei ich feststelle, daß ich ohne Zweifel
diese Schwierigkeiten brauche – etwa so wie dieses Arbeitszimmer, das schwierig ist, weil es ungemütlich ist. New York
ist eine ungemütliche Stadt, was sich sehr inspirierend auf
den Geist auswirkt. New York gehört so eng zu meinem Leben, daß ich mir nur schwer vorstellen kann, woanders zu
sein. Natürlich widerspricht diese letzte Behauptung allem,
was ich zuvor gesagt habe. Im Grunde stecke ich «in» New
York und kann nicht bewußt «über» New York schreiben.
Davon abgesehen stelle ich mir niemals diese Frage. Wenn
es wichtig ist, dann habe ich den Drang, über dieses Thema
zu schreiben. Wenn es nicht mehr der Fall ist, schreibe ich
nicht mehr darüber. Nur eine Motivation zählt: was das
Werk fordert und braucht. Ich beginne niemals einen Text
mit dem Gedanken, über New York zu schreiben. Sogar der
Titel *Die New York-Trilogie* wurde erst festgelegt, nachdem
ich die Bücher der *Trilogie* beendet hatte. Ich weiß nicht genau, wie ich auf einen solchen Titel gekommen bin. Ich
habe an einige Kinofilme aus den vierziger Jahren gedacht,

in deren Titeln Städtenamen vorkamen: *Kansas City Confidential* zum Beispiel. *Stadt aus Glas* sollte ursprünglich *New York Confidential* heißen. Dann habe ich es geändert, doch der Gedanke, New York im Titel beizubehalten, hat sich mir aufgedrängt. Ebenso kann ich mich erinnern, daß *Schlagschatten* ursprünglich *Hinter verschlossenen Türen* hieß ... Dann habe ich die Titel im letzten Augenblick vertauscht: Sie bezeichnen fast das gleiche.

In Das rote Notizbuch – *und das könnte ein vorläufiger Abschluß unseres Gesprächs sein – erzählen Sie die Geschichte dieser beiden Frauen aus Taipeh, deren Schwestern in New York, unter der Nummer 309 eines Blocks in der West 109th Street wohnen. Sie schreiben: «Auf derselben Etage desselben Gebäudes im Norden Manhattans schliefen sie jede in ihrer Wohnung, ohne etwas von dem Gespräch zu ahnen, das auf der anderen Seite des Globus über sie geführt wurde.» Ein wundervolles Bild, das mir genau der Kern Ihrer schriftstellerischen Auseinandersetzung zu sein scheint ...*

Die Frage nach dem «Standpunkt» interessiert mich brennend. Er ist unmöglich zu erkennen, bevor man sich vollkommen darüber bewußt geworden ist, und zugleich ist es nicht möglich, ihn tatsächlich wahrzunehmen. Man kann nicht an zwei Orten zugleich sein. Irgend etwas bewegt mich an der Tatsache, daß es eine Beziehung zwischen Begebenheiten oder Personen geben kann, die scheinbar oder wirklich sehr weit entfernt voneinander sind. Das kann es nur in den Augen Gottes geben oder in einem Kunstwerk, einem Roman, einem Film. Man kann mit dieser Begebenheit spielen, man kann diese Information darstellen. Reverdy behauptet etwas, was mich unaufhörlich beeindruckt. Wenn man eine poetische Metapher schafft, setzt man zwei Bilder, zwei Gedanken, zwei Worte zusammen; Dinge, die am weitesten voneinander entfernt sind, rühren am meisten an und sind am echtesten. Diese beiden Schwestern sind in meinen Augen so etwas wie die poetische Metapher Reverdys. Wir bewegen uns hier allerdings nicht mehr im Bereich der Gedanken, sondern dem menschlicher Wirklichkeit. Es ist eine Frage der Erfahrung. Was mich verwirrt hat, ist die Tatsache, daß ich das gleiche Bild in *Stadt aus Glas* wiedergefunden habe. Gegen Ende des Romans, als Quinn allein in Stillmans Zimmer ist, denkt er, daß wenn es Nacht wird in New York, es ohne jeden Zweifel zur gleichen Zeit in China Tag ist, daß die Bauern ihre Hemden ausziehen, weil die Sonne brennt und ihnen heiß ist. Die beiden Augenblicke existieren zugleich. Ein Gedanke: daß einzig das Fehlen der Allgegenwärtigkeit uns daran hindert, zugleich in China und hier, in New York, zu leben.

Biographie

*« Ein Schritt in einem Buch oder ein Schritt im Leben:
das ist das gleiche. »*

1946

Heirat der Eltern. Samuel Auster ist vierunddreißig Jahre alt und Queenie Bogat einundzwanzig. Samuels Eltern sind in Stanislav in Galizien geboren. Queenies Mutter ist in Minsk geboren und ihr Vater, ein polnischer Jude, kam als Kind nach Toronto. «Während der kurzen Zeit seiner Werbung hatte er sich anständig verhalten. Keine dreisten Annäherungsversuche, nichts von den atemlosen Attacken des brünstigen Männchens. Gelegentlich hielten sie sich an den Händen oder tauschten einen höflichen Gutenachtkuß aus. Nie hat einer dem anderen ein Liebesgeständnis gemacht. Zum Zeitpunkt der Hochzeit waren sie kaum mehr als Fremde.» (*Die Erfindung der Einsamkeit*)

1947

Geburt von Paul Auster in Newark (New Jersey) am 3. Februar.

1950–1956

Am 12. November wird Janet, Paul Austers Schwester, geboren. Der kleine Paul wächst in einem Newarker Vorort auf, etwa dreißig Kilometer südwestlich von New York; in East Orange, dann in Maplewood, wo er das Gymnasium besucht. «Ich bin in der Nähe eines Steinbruches aufgewachsen, eines großen Grabens, aus dem Felsen und Kies gehoben wurden» (Brief an Tomoyuki Iino). Er verbringt viele Wochenenden in der New Yorker Wohnung seiner Großeltern, am 240, Central Park South. Er macht 1953 einen Ausflug zur Freiheitsstatue (eine Begebenheit, von der er in *Leviathan* erzählt). Er entdeckt Baseball für sich, das sein weiteres Leben begleiten soll: «Womit soll ich anfangen? Zuallererst handelt es sich um einen Sport, den man treibt, wenn man jung ist, und eine nostalgische Bindung an die Jugend liegt in jedem von uns verborgen. Andererseits ist es eine Sportart, bei der die Ästhetik eine große Rolle spielt: Die Linien des Feldes, die eine besondere Klarheit auszeichnet, tragen als optischer Eindruck dazu bei, daß tiefverwurzelte Erinnerungen entstehen.» Im Jahr 1955, am Ende eines Spiels der Giants gegen die Milwaukee Braves begegnet er seinem Idol Willie Mays «Say Hey Kid», der ihm gern ein Autogramm geben würde, doch niemand hat einen Stift zur Hand! «Ich wollte nicht weinen, doch schon liefen mir Tränen über die Wangen.» (*Why Write?*)

1957

Einschneidend ist die Entdeckung der Büchersammlung seines Onkels, Allen Mandelbaums, dem späteren Übersetzer von Vergil und Homer: «Er besaß eine prachtvolle Bibliothek. Es war ganz anders als bei uns, wo es kein einziges Buch gab. Meine Mutter hatte seine Bücher in einer Ecke auf dem Speicher aufbewahrt, und ich habe die Kartons alle nacheinander mit ihr gemeinsam aufgemacht. Dies war meine erste Büchersammlung. Ohne diese Werke wäre ich vielleicht niemals Schriftsteller geworden.» Er stolpert zufällig über eine Ausgabe des *Mad Magazine* und entdeckt voller Überraschung, daß es verwandte Seelen gibt, daß schon andere Türen eingerannt hatten, die er aufzustoßen versuchte. (*Von der Hand in den Mund*).

1959

Er beginnt, «Gedichte und kleine, dumme Aufsätze» zu schreiben: «Ich weiß jedoch nicht, warum ich sofort Gefallen daran fand. Ich war das normalste Kind der Welt, ich spielte jeden Tag Baseball; aber ich las sehr gern, und der Gedanke, Schriftsteller zu werden, hat mich sehr schnell fasziniert.»

1962

Wird Anhänger der New Yorker Mets, einer Mannschaft, deren Stadion, das Shea Stadium, in Brooklyn liegt. Liest Fitzgerald, Faulkner, Hemingway, Dos Passos, Salinger. Vertieft sich in *Schuld und Sühne*: «Von da an hat sich mein Leben verändert. Der Gedanke, daß ein Roman ‹das› sein könnte, ich meine, etwas so Außergewöhnliches, hat mich umgeworfen. Der Gedanke, Schriftsteller zu werden, begann mich ernsthaft zu verfolgen. Ich verbrachte meine Zeit damit, Geschichten zu schreiben, in denen es um Kinder ging, um junge einsame Menschen, auch um Dichter. Ich war sechzehn Jahre alt, und in New Jersey fühlte ich mich wie in einem Exil.»

1963

Er verbringt zwei Monate als Kellner in einem Ferienlager im Norden des Staates New York. Er begegnet «Gestrandeten, Clochards aus den Armenvierteln, Männern mit zweifelhafter Vergangenheit».

1964

Scheidung der Eltern. Seine Mutter zieht in eine Wohnung nach Weequahic, ein Newarker Viertel. Allen Mandelbaum kehrt in die Vereinigten Staaten zurück. Er wird später der erste strenge Leser von Paul Austers Gedichten sein. Im Sommer arbeitet er in Westfield im Laden für Elektro- und Haushaltswaren seines Onkels Moe.

1965

Paul Austers Mutter heiratet wieder – einen Mann, dessen Tod im Jahre 1982 ihm wirkliche Trauer verursacht: «Dieser außergewöhnliche, großherzige Mann hatte mich treu in meinen vagen und unrealistischen Ambitionen unterstützt.» Studium an der Columbia University, das er 1970 abschließt. Paul Auster studiert französische, englische und italienische Literatur: «Eindeutig entscheidende Jahre für mich. Welch lange und intensive Reise.» Er engagiert sich stark gegen den Vietnamkrieg und arbeitet an seinen ersten Übersetzungen aus dem Französischen. Erster Aufenthalt (einen Monat) in Paris (er wohnt im 13. Arrondissement). Reise nach Italien, nach Spanien und nach Dublin, um die Stadt von James Joyce zu erkunden: «Ich war dermaßen schüchtern, daß ich mich nicht einmal zu sprechen traute. Damals las ich voller Lust und Leidenschaft Joyce und wollte daher seine Stadt erkunden ... Ich habe zwei Wochen in Dublin verbracht. Ich war allein und habe mit niemandem gesprochen. Ich wagte nicht einmal, in einen Pub zu gehen. Ich streifte lediglich kreuz und quer durch Dublins Straßen. Es war erschreckend, diesen schüchternen Idioten erleben zu müssen.» In zweieinhalb Monaten verliert er mehr als zehn Kilo ...

1967

Von September bis November intensive Beschäftigung mit Lyrik. Er beabsichtigt, in Paris zu bleiben (er wohnt in einem Hotel in der Rue Clément gegenüber vom Markt von Saint-Germain), er nimmt an dem IDHEC-Wettbewerb teil und fällt durch. Er schreibt Drehbücher für Stummfilme, die heute verschwunden sind.

1968

Er arbeitet an den ersten Versionen von *Im Land der letzten Dinge* und von *Mond über Manhattan*. Er veröffentlicht im *Columbia Daily Spectator* seine ersten Kritiken, die sich vor allem auf das Kino konzentrieren.

1969

Er erhält den BA (*bachelor of arts*) in englischer und vergleichender Literatur. Im *Columbia Review Magazine* wird eine Erzählung veröffentlicht, die als Vorform vom späteren *Im Land der letzten Dinge* gelten kann. Er veröffentlicht zahlreiche Artikel in der Presse, einige davon unter dem Pseudonym Paul Quinn (seine Honorare liegen bei fünfundzwanzig Dollar pro Artikel). Er ruft den «Christopher Smart»-Preis ins Leben, mit dem Ziel, die großen Versager seiner Zeit bekanntzumachen ... Ohne Erfolg.

Auster schließt an der Columbia University seinen MA (*master of arts*) ab. Er arbeitet in Harlem als Volkszähler. Im August läßt er sich auf einem Tanker anheuern, der im Golf von Mexiko kreuzt: der *S. S. Esso Florence*: «Ich war für die niedersten Arbeiten abgestellt: Ich machte Betten, putzte Toiletten, anschließend wurde ich beauftragt, die Brücke zu versorgen, ich habe mich um die Ausgabe der Mahlzeiten gekümmert. Ich erledigte meine Arbeit in zwei Stunden: Mir blieben zweiundzwanzig freie Stunden, um zu schreiben ...» Mit dem verdienten Geld plant er, nach Paris zu gehen. Er arbeitet an *Mond über Manhattan*. Er übersetzt Dupin, Breton, Michaux, Du Bouchet.

1971

Im Februar läßt er sich in Paris nieder: «Ich habe mich für Frankreich entschieden, weil ich Französisch sprach. Ich dachte nicht, daß ich vier Jahre lang bleiben würde. Diese Entfernung hat mir wirklich geholfen. Wenn man im Ausland lebt, kommt man ganz automatisch auf sich zurück.» Seinen Lebensunterhalt verdient er sich als Übersetzer, Englischlehrer, Ghostwriter und Telefonist bei der *New York Times* ... Er verbringt einen Monat in Mexiko, in Cuernavaca, um der Frau eines Produzenten beim Schreiben eines Buches zu helfen, das sich mit Quetzalcoatl beschäftigt. Diese Lohnarbeit erweist sich als Fiasko: «Die dreißig Tage in Mexiko gehören zu den schlimmsten, aufreibendsten Tagen meines Lebens.» (*Von der Hand in den Mund*)

1972

Er lebt in einer winzigen *chambre de bonne*, die ihm Jacques Dupin in der Rue du Louvre vermietet. In New York wird die *Little Anthology of Surrealist Poems* veröffentlicht. Er beschließt, keine fiktionalen Texte mehr zu schreiben, sondern sich nur an Gedichte und kritische Essays zu halten: «Diese Tätigkeit, über Schriftsteller zu schreiben, hat mir geholfen, die Frage der Prosa zu klären. Ich habe die Prosa für etwa fünf Jahre aufgegeben. Mit der *Erfindung der Einsamkeit* habe ich wieder angefangen zu schreiben.» Sein Vater besucht ihn in Paris. Er übersetzt Daumal und Jabès. In der März-ausgabe der Zeitschrift *Poetry* werden einige Gedichte veröffent-licht.

1973–1975

Als er sich gerade auf seine Abreise nach New York vorbereitet, bie-tet ihm ein Freund an, sein Landhaus in Missac-Bellevue, in der Nähe von Aups, im Var, zu hüten. In der *Revue des Belles-Lettres* er-scheinen Auszüge von *Unearth*. Gemeinsam mit Mitchell Sisskind gibt er die Zeitschrift *Living Hand* heraus. Im Juni 1974 Veröffent-lichung von *Fits and Starts: Selected Poems of Jacques Dupin* und *Unearth*, sein erster Gedichtband. Im Juli kehrt er nach New York zurück. Er bezieht mit Lydia Davis eine Wohnung am Riverside Park: «Die Terrasse ging zum Hudson River hinaus. Die Aussicht war traumhaft. Hier habe ich entdeckt, daß New York ganz von Wasser umgeben ist.» Am Tag seiner Hochzeit, im Oktober, erhält Paul Auster einen Anruf von Charles Reznikoff: «‹Hier spricht Charles Reznikoff›, sagte die melodische Stimme und machte, sichtlich gutgelaunt, allerlei Witze. Ich erklärte ihm, daß ich nicht mit ihm sprechen könnte, weil ich gleich heiraten würde. Reznikoff brach in Gelächter aus: ‹Das ist das erste Mal, daß ich einen Mann am Tage seiner Hochzeit anrufe! *Masel tov, masel tov!*›» (*Erinnerung an etwas, was eines Tages meiner Mutter passiert ist.*) Er redigiert Kata-loge für Ex-Libris: «Eine Sammlung von Kunstbüchern, die sich auf Veröffentlichungen in Zusammenhang mit der Kunst des 20. Jahrhunderts spezialisiert hatten.» Er schreibt zahlreiche Artikel für Zeitungen. Immer und immer wieder liest er Kafka, Hamsun, Beckett, Celan. «Düstere Jahre», sagt Paul Auster ... Er erhält den Ingram Merrill Foundation Grant of Poetry. Er liest noch einmal das Manuskript von Jerzy Kosinski, *Cockpit*, «um sicherzugehen, daß es korrektes Englisch war».

1976

Veröffentlichungen von *Wall Writing* (Gedichte) und *The Uninha-
bited: Selected Poems of André du Bouchet*. Schreibt mehrere Einakter:
Laurel und Hardy kommen in den Himmel, Blackouts, Versteckspiel. Reisen nach Kanada (in die Laurentide-Berge von Québec) und Kalifornien.

1977

Im Juni Geburt seines Sohnes Daniel: «Bei Daniels Geburt dabei-
zusein war für mich ein Augenblick höchsten Glücksgefühls, ein
Ereignis von so großer Bedeutung, daß ich in dem Moment, in dem
mir beim Anblick seines kleinen Körpers die Tränen in die Augen
stiegen und ich ihn zum ersten Mal in meinen Armen hielt, begriff,
daß die Welt sich verändert hatte, daß ich gerade von einem Zustand in einen anderen übergegangen war.» Veröffentlichungen: *Effigies, Fragments from Cold, Jean-Paul Sartre: Life/Situations*.

1978

Ein Jahr, in dem er hart auf die Probe gestellt wurde. «Alles lief
schief. Ich hatte kein Geld, meine Ehe begann zu bröckeln, während mein Sohn noch ganz klein war, die Decke fiel mir auf den
Kopf. Damals beschloß ich, keine Gedichte mehr zu schreiben. Ich
machte gar nichts mehr.» Um zu versuchen, etwas Geld zu verdienen, erfindet Paul Auster ein Kartenspiel (*Action Baseball*), das keinerlei Erfolg hat, und er schreibt unter einem Pseudonym einen
Krimi, den er nicht veröffentlicht: *Squeeze Play* von Paul Benjamin.
Erhält den Columbia-PEN Translation Center Award und den Crea-
tive Artist Public Service (CAPS) Grant for Poetry.

1979

Paul Auster und Lydia Davis trennen sich. Auster nimmt sich eine
Wohnung in der Varick Street Nr. 6 von TriBeCa: «Ich habe dort
für mich sehr wichtige, bildende Dinge erfahren. Es war furchtbar.

Das totale Elend.» Er schreibt *White Spaces*, einen Prosatext, der eine wesentliche Bedeutung für sein weiteres Werk haben wird. Am selben Tag, an dem er diesen Text beendet, erfährt er vom Tod seines Vaters: «Ich habe einen Monat lang an *White Spaces* geschrieben und war an einem Samstagmorgen des Jahres 1979 fertig, es muß so gegen zwei oder drei Uhr morgens gewesen sein, und ich habe mich hingelegt. Ich war mir sicher, daß dieser Text eine Brücke zwischen meinen beiden Schriftstellerleben schlagen würde. Um acht Uhr ging das Telefon, es war mein Onkel, der mir den Tod meines Vaters mitteilte – einen plötzlichen Tod. Eines war mir sofort klar: Ich wußte, daß ich über meinen Vater würde schreiben müssen ... einige Wochen später fing ich *Die Erfindung der Einsamkeit* an, in Prosa, das kam wie von selbst.» Der Vater hinterläßt ihm ein bescheidenes Erbe, das ihm gestattet, einige Zeit weiter zu schreiben. Erhält NEA Fellowship for Poetry. Er übersetzt Simenon.

1980

Im Januar zieht er nach Brooklyn. Er wohnt die Hälfte der Woche mit seinem kleinen dreijährigen Sohn Daniel zusammen. «Nachdem ich das Zimmer in der Varick Street verloren hatte, hatte ich keine Wohnung mehr und suchte nach einer anderen in Manhattan, aber alles war zu teuer. Ich beschloß, auf die andere Seite des East River zu ziehen.» Es erscheinen *White Spaces* und eine Gedichtsammlung, *Facing the Music*. Er begegnet dem Seiltänzer Philippe Petit. Er übersetzt Mallarmé und Joubert.

1981

Am 23. Februar trifft er Siri Hustvedt: «Es war Liebe auf den ersten Blick.» Im Mai beschließen sie, zusammenzuziehen. Essays über Hamsun und Apollinaire.

1982

Paul Auster und Siri Hustvedt heiraten im Juni. Er gibt *The Random House Book of 20th Century French Poetry* heraus. Der Krimi, den er 1978 geschrieben hat, erscheint schließlich, doch weiter unter einem Pseudonym: «Eines Morgens erhielt ich einen Anruf von einem Unbekannten, der einen Verlag eröffnen wollte und mich fragte, ob ich nicht noch ein Manuskript hätte. Ich habe mich an den vergessenen Roman erinnert. Ich habe ihn ihm gegeben. Das Buch wurde hergestellt, und der Verlag machte pleite, bevor es ausgeliefert wurde! Ich hatte genug und beauftragte einen Literaturagenten, mir einen Verleger zu suchen. Man hat mir einen Abschlag von zweitausend Dollar angeboten, und ich habe mich einverstanden erklärt. Der Roman ist einige Monate später als Taschenbuch erschienen.» *The Art of Hunger and Other Essays* kommt heraus sowie bei einem kleinen Verleger *Die Erfindung der Einsamkeit*, ein Achtungserfolg.

1983

Veröffentlichung zweier wichtiger Übersetzungen: *The Notebooks of Joseph Joubert: A Selection*, und Stéphane Mallarmé: *A Tomb for Anatole*. Er schreibt einen Essay über Charles Reznikoff.

1984

Er erhält den Ingram Merrill Foundation Grant for Prose.

1985

Stadt aus Glas, trotz des unzweifelhaften Erfolges von *Die Erfindung der Einsamkeit*, von siebzehn Verlegern abgelehnt. Als das Buch schließlich herauskommt, landet es auf der Liste für den «Edgar Allan Poe Award for Best Mysterie Novel of 1985»: «Der Verleger kam von Los Angeles nach New York und lud uns nach dem Abendessen auf ein Glas ins *Algonquin* ein ... Ich trug mein einziges gutes Sakko und meine einzige vorzeigbare Krawatte ... Das Ereig-

nis verlangte, daß man Champagner bestellte ... Der Kellner kam
mit einer Flasche in der Hand und hat sie so ungelenk entkorkt,
daß sich der Inhalt über meine armen Klamotten ergoß, wie aus
einem Gartenschlauch! Ich war von Kopf bis Fuß durchnäßt... Das
war meine literarische Taufe ... Wie bei einem Schiff ...» Er erhält
den NEA Literary Fellowship for Prose.

1986

Paul Auster nimmt eine Professur in Princeton an und vertritt ein
Trimester lang einen Kollegen in Columbia. «Sobald ich die
Schwelle des Columbia überschritt, fühlte ich, wie mich Schwer-
mut überkam. Es war wie eine schmerzvolle Rückkehr in meine
Studienzeit ...» Veröffentlichung von *Schlagschatten* und von *Hinter
verschlossenen Türen*. Übersetzung von Texten von Joan Miró:
Selected Writings and Interviews. In der *Paris Review* erscheint *Im
Land der letzten Dinge*.

1987

Er zieht nach Park Slope. *Im Land der letzten Dinge* und die *New
York-Trilogie* erscheinen: «Einen Roman zu schreiben ist ein orga-
nischer Prozeß, und zu einem großen Teil geschieht das unbe-
wußt.» Er veröffentlicht in der französischen Zeitschrift *Banana
Split* Auszüge aus *Fragments from Cold*. In *Art News* erscheint sein
Essay: «Moonlight in the Brooklyn Museum».

1988

Geburt von Sophie, Pauls und Siris Tochter. Veröffentlichung von
Disappearances: Selected Poems.

Veröffentlichung von *Mond über Manhattan*: «Mein längstes Buch und ohne Zweifel das, das am tiefsten in einer besonderen Zeit und einem besonderen Raum verwurzelt ist.» Siri Hustvedt, die bis dahin nur eine Gedichtsammlung veröffentlicht hatte, beginnt einen Roman. *Die unsichtbare Frau* wird schlagartig zum Erfolg. Der Kritiker der *New York Times* spricht von Harold Pinter und von Peter Handke, von Samuel Beckett und Thomas Bernhard. Das Buch, der Roman einer Selbstaufgabe, ist in mehrere Sprachen übersetzt worden. Essay über Sir Walter Raleigh (*City Limits Magazine*).

1990

Veröffentlichung von *Die Musik des Zufalls*. Idee für einen Film mit Wim Wenders, der jedoch nicht verwirklicht wird, da sich kein Produzent findet. Erscheinen von «Auggie Wrens Weihnachtsgeschichte» in der *New York Times*, die die Aufmerksamkeit Wayne Wangs, des späteren Regisseurs von *Smoke* und *Blue in the Face*, erregt. Auster gibt seine Professorenstelle in Princeton auf. Veröffentlichung von *Ground Work: Selected Poems and Essays, 1970–1979*. American Academy und Institute of Arts and Letters: Morton Dauwen Zabel Award. *Mond über Manhattan* wird in Frankreich von der Zeitschrift *Lire* zum Buch des Jahres gewählt.

1991

Wayne trifft Paul Auster. *Die Musik des Zufalls* steht auf der Liste für den PEN/Faulkner-Preis.

1992

Revidierte und überarbeitete Ausgabe von *The Art of Hunger*. Veröffentlichung von *Selected Poems of René Char* und von *Selected Poems of Jacques Dupin*. Erscheinen von *Leviathan*.

Einzug in das Haus am Park Slope. *Das rote Notizbuch* wird veröffentlicht. *Leviathan* erhält in Frankreich den Prix Médicis für den besten ausländischen Titel. *Die Musik des Zufalls*, ein Film von Philippe Haas, gedreht nach dem Roman. Veröffentlichung von *Autobiography of the Eye*.

1994

Veröffentlichung von *Mr. Vertigo*. *Stadt aus Glas* erscheint als Comic. *Smoke* und *Blue in the Face* werden gedreht. *The Review of Contemporary Fiction* widmet ihre Frühlingsausgabe Paul Auster.

1995

Veröffentlichung der Drehbücher von *Smoke* und *Blue in the Face* bei Hyperion in New York und Faber & Faber in London, und beide Filme kommen in die Kinos. Die University of Pennsylvania veröffenlicht eine Essaysammlung rund um Paul Auster, *Beyond the Red Notebook*; der französische Verlag Actes Sud die Akten eines Kolloquiums, das im Juni 1994 in Aix-en-Provence abgehalten wurde, und das *Magazine littéraire* hat in der Dezemberausgabe Paul Auster als Schwerpunkt.

1996

Smoke wird zum Welterfolg, in Dänemark und Deutschland zum besten ausländischen Film gekürt. Veröffentlichung von *Why Write?* Paul Auster beginnt einen Essay über Geld, den er als Erstausgabe im November auf französisch unter dem Titel *Le Diable par la queue* (dt.: *Von der Hand in den Mund*) herausgibt. Darin enthalten sind seine drei Theaterstücke, sein Entwurf für das Kartenspiel und sein Roman *Squeeze Play*, der unter dem Pseudonym Paul Benjamin erschienen war: «Ich werde diesen Kriminalroman akzeptieren, jedoch nur in einem bestimmten Zusammenhang. Er wird wie ein Beweisstück vorhanden sein. [...] Die grundlegende Frage ist die:

Wie soll man seinen Lebensunterhalt verdienen, wenn man keinen richtigen Beruf ausübt? Literarische Arbeiten gehören nicht zu dem Wirtschaftsspiel, das von und für die geregelte Arbeitswelt inszeniert wird.» Siri Hustvedt veröffentlicht ihren zweiten Roman, *Die Verzauberung der Lily Dahl*. Paul Auster wurde zu diesem Zeitpunkt bereits in einundzwanzig Sprachen übersetzt.

1997

Veröffentlichung von *Translations* (Ed. Marsilio), einer Sammlung, die vergriffene Übersetzungen Paul Austers wieder zusammenfaßt: Joseph Joubert, Stéphane Mallarmé, André Du Bouchet, Philippe Petit. *Von der Hand in den Mund* wird in den USA veröffentlicht.

Bibliographie

«Aus irgendeinem Grund habe ich immer meine Manu-
skripte aufbewahrt, meine Papiere, Briefe, alle Sorten
von Dingen, die sich in Kartons ansammeln, die ich
schließlich übrigens nie wieder öffne ... Ich bringe es
nicht über mich, sie wegzuwerfen ... Ich kann es einfach
nicht ...»

POESIE

Unearth. Weston, Conn: Living Hand 3 (Spring 1974).

Wall Writing. Berkeley: The Figures, 1976.

Effigies. Paris: Orange Export Ltd., 1977.

Fragments from Cold. Brewster, N. Y.: Parenthèse, 1977.

Facing the Music. Barryton, N. Y.: Station Hill, 1980.

Disappearances: Selected Poems. Woodstock, N. Y.: The Overlook Press, 1988. (Woodstock, N. Y.: The Overlock Press, 1988.)

Ground Work: Selected Poems and Essays, 1970–1979. London: Faber and Faber, 1990. (London: Faber and Faber, 1991.)

Autobiography of the Eye. Portland, Ore: The Beaverdam Press, 1993.

(Eine Auswahl von Gedichten ist bei Rowohlt als deutsche Erstausgabe in Vorbereitung.)

ROMANE UND PROSA

White Spaces. Barryton, N. Y.: Station Hill, 1980.

The Art of Hunger and other Essays. London: The Menard Press, 1982.

The Invention of Solitude, New York: Sun Press, 1982. (New York: Avon Books, 1985; New York: Penguin Books, 1988; London: Faber and Faber, 1988.)

Die Erfindung der Einsamkeit. Deutsch von Werner Schmitz. Reinbek bei Hamburg: Rowohlt Verlag, 1993; Rowohlt Taschenbuch Verlag, 1995.

City of Glass. Los Angeles: Sun & Moon Press, 1985. (New York: Penguin Books, 1987.)

Stadt aus Glas. Deutsch von Joachim A. Frank. Hamburg: Hoffmann & Campe, 1987.

Ghosts. Los Angeles: Sun & Moon Press, 1986. (New York: Penguin Books, 1987.)

The Locked Room. Los Angeles: Sun & Moon Press, 1986. (New York: Penguin Books, 1988.)

The New York Trilogy. London: Faber and Faber, 1987 (London: Faber and Faber, 1988; New York: Penguin Books, 1990.)

Die New York-Trilogie: Stadt aus Glas. Schlagschatten. Hinter verschlossenen Türen. Deutsch von Joachim A. Frank. Rowohlt Taschenbuch Verlag, 1989.

In the Country of Last Things. New York: Viking, 1987. London: Faber and Faber, 1988. (New York: Penguin Books, 1988; London: Faber and Faber, 1989.)

Im Land der letzten Dinge. Deutsch von Werner Schmitz. Rowohlt Verlag, 1989; Rowohlt Taschenbuch Verlag 1992.

Moon Palace. New York: Viking, 1989. London: Faber and Faber, 1989. (New York: Penguin Books, 1990; London: Faber and Faber, 1990.)

Mond über Manhattan. Deutsch von Werner Schmitz. Rowohlt Verlag 1990; Rowohlt Taschenbuch Verlag 1992.

The Musik of Chance. New York: Viking, 1990; London: Faber and Faber, 1991. (New York: Penguin Books, 1991; London: Faber and Faber, 1991.)

Die Musik des Zufalls. Deutsch von Werner Schmitz. Rowohlt Verlag, 1992; Rowohlt Taschenbuch Verlag, 1993.

Leviathan. New York: Viking, 1992; London: Faber and Faber, 1992. (New York: Penguin Books, 1993; London: Faber and Faber, 1993.)

Leviathan. Deutsch von Werner Schmitz. Rowohlt Verlag, 1994; Rowohlt Taschenbuch Verlag, 1996.

The Art of Hunger: Essays, Prefaces, Interviews. Los Angeles: Sun & Moon Press, 1992. (New York: Penguin Books, 1993.)

(Die deutsche Erstausgabe erscheint Mai 2000 bei Rowohlt.)

Auggie Wren's Christmas Story. Birmingham, U. K.: The Delos Press, 1992; New York: William Drenttel New York, 1992.

Mr. Vertigo. New York: Viking, 1994; London; Faber and Faber, 1994.

Mr. Vertigo. Deutsch von Werner Schmitz. Rowohlt Verlag, 1995; Rowohlt Taschenbuch Verlag, 1996.

City of Glass. A graphic mystery. Adaptation Paul Karasik, David Mazzucchelli. Graphics: David Mazzucchelli. New York, AVDN Books, 1994.

Paul Auster's Stadt aus Glas. Herausgegeben von Bob Callahan und Art Spiegelman. Textbearbeitung: Paul Karasik und David Mazzucchelli. Illustration: David Mazzucchelli. Deutsch von Werner Schmitz. Rowohlt Taschenbuch Verlag, 1997.

Smoke & Blue in the Face, Hyperion, New York, 1995; Faber and Faber, London, 1995.

Smoke. Blue in the Face. Zwei Filme. Deutsch von Werner Schmitz und Gerty Mohr. Mit einem Vorwort von Wayne Wang. Rowohlt Taschenbuch Verlag, 1995.

The Red Notebook (True Stories, Prefaces and Interviews), London: Faber and Faber, 1995.

Das rote Notizbuch. Deutsch von Werner Schmitz. Rowohlt Verlag 1996; Rowohlt Taschenbuch Verlag, 1997.

Why Write? Burning Deck, 1996.

Hand to Mouth. New York: Henry Holt, 1997.

Von der Hand in den Mund. Deutsch von Werner Schmitz. Rowohlt Verlag, 1998.

Lulu on the Bridge. Henry Holt, 1998.

Lulu on the Bridge. Ein Film mit Mira Sorvino und Harvey Keitel. Deutsch von Werner Schmitz. Rowohlt Taschenbuch Verlag, 1998.

Timbuktu. Henry Holt, 1999.

Timbuktu. Deutsch von Peter Torberg. Rowohlt Verlag, 1999.

ÜBERSETZUNGEN

A Little Anthology of Surrealist Poems. New York: Siamese Banana Press, 1972. (Translations of Breton, Eluard, Char, Péret, Tzara, Artaud, Soupault, Desnos, Aragon, Arp.)

Fits and Starts: Selected Poems of Jacques Dupin. Weston, Conn.: Living Hand 2 (June 1974).

The Unhibitated: Selected Poems of André Du Bouchet. New York: Living Hand 7 (1976).

Jean-Paul Sartre. *Life/Situations: Essays. Written and Spoken*. Trans. Paul Auster and Lydia Davis. New York: Pantheon Books, 1977; London: Andre Detusch, 1978. (New York: Pantheon Books, 1977.)

Georges Simenon. *African Trio: Talatala, Tropic Moon, Ahoard the Aquitaine*. Trans. Stuart Gilbert, Paul Auster, and Lydia Davis. New York: Harcourt Brace Jovanovich, 1979.

The Random House Book of Twentieth Century French Poetry. New York: Random House, 1982. Ed. Paul Auster. Trans. Auster (of 42 poems by various poets). (New York: Random House/Vintage Books, 1984.)

The Notebooks of Joseph Joubert: A Selection. Ed., trans., and preface Paul Auster.

Afterword Maurice Blanchot. San Francisco: North Point Press, 1983.

Stéphane Mallarmé. *A Tomb for Anatole*. Bilingual edition. Trans. and introduction Paul Auster. San Francisco: North Point Press, 1983.

Philippe Petit. *On the High Wire*. Trans. Paul Auster. Preface Marcel Marceau. New York: Random House, 1985.

Maurice Blanchot. *Vicious Circles: Two Fictions XX «After the Fact»*. Trans. Paul Auster, Barrytown, N. Y.: Station Hill Press, 1985. (Barrytown, N. Y. Station Hill Press, 1985.

Joan Miró: Selected Writings and Interviews. Ed. Margit Rowell. Trans. (French) Paul Auster. Trans. (Spanish and Catalan) Patricia Mathews. Boston: G. K. Hall and Co., 1986.

Selected Poems of René Char. Ed. Mary Ann Caws and Tina Jolas. Includes translations by Paul Auster of five early Char poems. New York: New Directions, 1992.

Selected Poems of Jacques Dupin. Selected by Paul Auster. Trans. Paul Auster, Stephen Romer, and David Shapiro. Preface by Mary Ann Caws. Winston-Salem, N. C.: Wake Forest University Press, 1992. New Castle-upon-Tyne, U. K.: Bloodaxe Books, 1992.

Translations (Joseph Joubert, Stéphane Mallarmé, André Du Bouchet, Philippe Petit), Ed. Marsilio, New York, 1997.

Inhalt

Paul Auster, geboren 1947 in Newark / New Jersey, gilt in Amerika als eine der großen literarischen Entdeckungen der letzten Jahre. Er studierte Anglistik und vergleichende Literaturwissenschaft an der Columbia University und verbrachte danach einige Jahre in Paris. Heute lebt er in New York.

Die New York-Trilogie *Roman* (rororo 12548) «Eine literarische Sensation!» *Sunday Times*

Mond über Manhattan *Roman* (rororo 13154)

Smoke. Blue in the Face *Zwei Filme* (rororo 13666)

Die Erfindung der Einsamkeit (rororo 13585)

Die Musik des Zufalls *Roman* (rororo 13373)

Mr. Vertigo *Roman* Deutsch von Werner Schmitz 320 Seiten. Gebunden und als rororo Band 22152

Leviathan *Roman* Deutsch von Werner Schmitz 320 Seiten. Gebunden und als rororo Band 13927

Von der Hand in den Mund Deutsch von Werner Schmitz 512 Seiten. Mit 24 farbigen Tafeln. Gebunden. Aller Anfang ist schwer: Paul Austers amüsantes Selbstporträt des Künstlers als hungernder Mann vor dem Hintergrund der bewegten sechziger und siebziger Jahre.

Das rote Notizbuch Deutsch von Werner Schmitz 64 Seiten. Pappband und als rororo Band 22275 Paul Auster hat in seinem roten Notizbuch über viele Jahre Ereignisse aus seinem Leben und dem Leben von Freunden festgehalten – daraus sind dreizehn unglaubliche Geschichten entstanden.

Paul Auster's Stadt aus Glas *Herausgegeben von Bob Callahan und Art Spiegelman. New York-Trilogie I. Großformat* (rororo 13693)

Im Land der letzten Dinge *Roman* Deutsch von Werner Schmitz 200 Seiten. Gebunden und als rororo 13043

Lulu on the Bridge *Das Buch zum Film mit Vanessa Redgrave und Harvey Keitel* (rororo 22426) Nach den Drehbüchern für «Smoke» und «Blue in the Face» führt Paul Auster hier zum ersten Mal Regie.